刺猬的愿望

[荷] 敦 · 德勒根 著
李永男 罗兰 译

中信出版集团 | 北京

图书在版编目（CIP）数据

刺猬的愿望 /（荷）敦·德勒根著；李永男，罗兰译. -- 北京：中信出版社，2019.8（2020.3重印）

书名原文：HET VERLANGEN VAN DE EGEL

ISBN 978-7-5217-0776-2

Ⅰ. ①刺… Ⅱ. ①敦… ②李… ③罗… Ⅲ. ①中篇小说—荷兰—现代 Ⅳ. ① I563.45

中国版本图书馆 CIP 数据核字 (2019) 第 129887 号

刺猬的愿望

著　　者：［荷］敦·德勒根

译　　者：李永男　罗兰

出版发行：中信出版集团股份有限公司

（北京市朝阳区惠新东街甲4号富盛大厦2座　邮编　100029）

承 印 者：中国电影出版社印刷厂

开　　本：880mm × 1230mm　1/32　　印　　张：5.75　　字　　数：105千字

版　　次：2019年8月第1版　　印　　次：2020年3月第2次印刷

京权图书：01-2019-4496　　广告经营许可证：京朝工商广字第8087号

书　　号：ISBN 978-7-5217-0776-2

定　　价：45.00元

1

秋意渐浓。

一天，刺猬坐在窗边，看着窗外。

刺猬独自在家，没有人来访。有动物路过刺猬的家，心想：“啊，这儿不是刺猬的家吗？”于是他敲了敲门。刺猬那个时候可能正在睡觉，或者因为犹豫着要不要开门，耽误了太长时间。所以，他又掉头离开了。

刺猬闭着眼睛，鼻子贴在玻璃窗上，试着回想自己认识的所有动物。动物们喜欢互相串门儿，就算不是谁的生日，也没有什么特别的理由，他们也会去别人家里做客。刺猬心想：“我要不要邀请他们过来……”

刺猬从来没有邀请过谁。

他睁开眼睛，挠了挠后脑勺，思考了很久，写下一封信。

亲爱的动物朋友们：

我想邀请你们来我家玩。

刺猬咬着笔，又一次挠了挠后脑勺，接着写道：

不过你们全都不来也没有关系。

刺猬皱着眉头。

他想："小动物们读了信会不会想：'刺猬是绝对不会希望有人来自己家做客的……'又或者，他们会想：'快点，咱们马上过去。要是再晚一点儿，他就又会改主意了……他不是经常反悔吗？'"

"不管了！"

刺猬把信丢进碗柜的抽屉里，摇着头说："我不会把信寄出去的。"

至少不是现在。

2

“不是现在。”刺猬重新坐回窗边，仔细地体会这四个字。

在他的脑海里，这四个字就像四个小人，围着他转圈。他们有时四处张望，有时还会原地旋转，甚至还会扭扭屁股。

刺猬闭上眼睛，这样似乎能将四个小人看得更清楚。“不是现在，现在不是好时候。”看着跳舞的小人，刺猬对自己说。

突然，刺猬脑海里又钻入了几个小字人，他们排成了一队，组成了另外四个字——以后再说。

这四个小人与原来的小人一起，手拉手围成一个圈，连起来就是“不是现在，以后再说”。

刺猬按照顺序念了一遍：“不是现在，以后再说。”是啊，以后再想这个问题吧，刺猬松了一口气。

过了很久，“以后再说”从刺猬脑海里飘了出去。接着又有三个胖胖的小字人飞了进来，他们是“永远不”。

刺猬的心怦怦地跳着，新来的三个小人排在了“不是现在”的后面，一起跳起了新的舞蹈。他们把自己的手搭到前面小人的肩上，整齐地往前蹦跳着，像是在跳兔子舞一样。

他们跳得越来越快，也越来越激烈，刺猬跟不上他们的节奏了。

刺猬再一次闭上眼睛，沉思起来。七个小人排成一队，组成的是“不是现在，永远不”。刺猬想：“要不我干脆不邀请动物们来做客了？现在不邀请，以后也不邀请，永远不！”这个念头对刺猬来说也很有诱惑力，像是又甜又软的蜂蜜蛋糕一样。

“不！不是这样的！”刺猬像是突然惊醒一样，用力地摇了摇头，“永远不”就这样被摇出了他的脑海。现在留在刺猬脑海里的就只有“不是现在”四个小人，他们停止了跳舞，互相看着对方的脸，一副不知所措的样子。

嘈杂的声音传来，“反正”闯进了刺猬的脑海里。他们很兴奋，大声喊叫着，走过去与“不是现在”抱在一起，然后六个小人又跳起舞来。

“反正不是现在，反正不是现在，反正不是现在。”刺猬把他们连成串儿，小声地反复念着。

刺猬想：“这些小字人要是能一直这样在他脑海里跳舞就好了。”因为，看着他们这样拥抱着跳舞，刺猬的心里好像没那么空了。

3

刺猬再次睁开眼睛，心里想着：“这不过是个玩笑。”还是不要再开玩笑了。邀请动物们来自己家里玩，这可不是能拿来开玩笑的事。刺猬爬到床上，躺了下来，心里回想着放在碗柜抽屉里的那封信。“大家可能都不会来的，而且肯定都有自己的理由。”

十多封信从门缝里塞了进来，刺猬在家里拆开信，一封一封地读了起来。

我希望能有三层蛋糕，它涂了满满的奶油，还包裹着甜甜的糖——但我可能没法去你家。

上次去你家的时候，你不是连门都没给我开吗？当时你急急忙忙爬到床上去，我在窗口可都看见啦。

感谢你邀请我！竟然要去刺猬家啦，一定很有意思！收到你的信我高兴得快要跳起来了，竟然可以去你家做客啦！但是我去不了……

可能去不了，虽然我也不知道为什么。

虽然去不了你家，但是真的很感谢你，请你知道我的这份心。

刺猬叹了一口气：“肯定没有动物会来的。”

他将信放在床边，背靠着床头躺下。虽然隐隐地感到一丝安心，但同时也很悲伤。他想：“孤独一直都属于我，就像我身上的刺一样。如果我身上的不是刺，而是翅膀，那我就不会那么孤单了。不管去哪里我都能飞，这样就不会盼望着其他的东西了。”

刺猬很想睡觉，却睡不着。“也许所有人都会来的。”他这么想着，哆嗦着身子起床泡了茶。为自己单独泡的茶，两杯。

4

刺猬喝完茶以后，从碗柜的抽屉里拿出信，再次读了一遍。

“明天所有动物都会来的，大家一起过来，在明天的清晨。”他心里这么想着，突然感到一股寒气，于是放下了信。

刺猬的脑海里好像传来了动物们都来到他家里的声音。

森林也似乎兴奋了起来，抖动着身体。

动物们一起打开了刺猬家的大门，走进来大声叫着：“刺猬呀，我们来啦！来看你啦！谢谢你邀请我们，我们都来了！一个都没少哟！”

他们从门口簇拥着走了进来。大部分是走着进来的，也有些是飞着或是爬着进来的，鲇鱼、鲤鱼、鲸鱼和鲨鱼是驾着波浪游进来的。

“你家真棒呀，刺猬！”大家都欢叫着，“有没有茶可以喝啊？蛋糕有吗？”

刺猬也想泡茶给大家喝，可是这么多动物聚在一起，怎么泡得过来，而且家里只有一个放了很久的蛋糕。刺猬有些失落。

“没关系！”大家都喊着，“我们跳舞就行了。”他们互相搭着肩，唱起了自己编的歌：“我们是客人，刺猬的客人。我们在一起，不需要泡茶。”然后大家都围着桌子跳起舞来。

“可是，你们都不怕我吗？”刺猬尽可能把刺竖得直直的，对大家问道。

“不怕，现在太高兴了，我们什么都不怕。”

他们愉快地跳着舞。

田鼠和蚯蚓从地板上的孔里爬了上来，喊道：“我们也来了！看，我们还带来了可以存放好几年的泥巴蛋糕呢，当然，大家现在都把它吃完也没关系。”

“谁能想到有一天会来刺猬家做客啊？”刺猬听到有动物这样大喊着。

“我可是想到了。”刺猬心里想着。他爬到外面，朝着家后面的树丛爬去。

过了一会儿，动物们停止了舞蹈，他们都发现刺猬不见了。

“刺猬呀，刺猬！”他们喊叫的声音远远地传到了森林里，就连沙漠里的骆驼和白蚁都跑了过来，因为他们谁也不想自己孤单地待着。

“刺猬呀，刺猬！刺猬呀……”大家都喊叫着。

然而，刺猬却朝着树丛越钻越深。

……

刺猬摇了摇头，结束了这漫长的幻想。他将信修改了一下，又读了一遍：

亲爱的动物朋友们：

我想邀请你们来我家玩。

不过你们之中有一个不来也没有关系。

5

不行，刺猬的脑海里忽然冒出了这样的想法：“或许动物们会一起来啊。”

刺猬咬了咬笔，想了很久。如果不把信寄出去，大家就都不会来，这是肯定的。毕竟，没有收到邀请，大家不可能随便找上门啊。

刺猬想啊，想啊，额头上挤出了深深的皱纹。他在心里说：“动物们肯定都很怕我，只不过没有勇气告诉我而已。我的刺多可怕啊，所以他们就算见到我，也不会开口问能不能来我家玩。”

“不管谁家我都会去，不过刺猬家我不去。”

“我也是。”

“他的刺……”

“是啊，那可怕的刺……”

“知道刺猬为什么有刺吗？”

“不知道。”

“就是为了吓唬我们。”

“是吗？”

“嗯。”

这么想着，刺猬再次将信放进碗柜的抽屉里。

“他们说得对，我是个可怕的动物。”刺猬的身子抖了一下，背上的刺也跟着四处晃动，就好像有谁从他的身体里跑出来，抓住他使劲摇晃一样。

“可是，我没想要故意吓唬动物们啊！”刺猬委屈地想。

他很想冲到外面，踮起脚大声喊：“朋友们！是我啊，我是刺猬！我不是坏动物！你们不用这么怕我！”

如果这样做的话，动物们说不定会这样回复：“刺猬呀，你说得对！你没吓唬任何人！就算你想吓唬人也做不到吧！你可是我认识的动物里最亲切的，只要你邀请，我们都会一起去的，你的刺一点儿也不重要……”

刺猬感觉自己的额头上皱纹更深了。于是，他又在信的下面加上这么一句话：

我的刺一点也不重要。

刺猬咬着笔头，想了很长时间。然后，他再次将信放进了碗柜的抽屉。

“我的刺很重要，非常非常重要。”

他点着头，一直点着，很久都没有停下来。

6

过了一会儿，刺猬又想："或许动物们都在到处串门儿，互相去对方家里做客。他们也许会这样说：'如果有那么一个偶然的机会，你会不会去刺猬的家里做客啊？'"

"不会去，你呢？"

"我也不会去，刺猬都没邀请我。"

"我也没收到过邀请。"

"真失望啊，是吧？"

"嗯，真的好失望。"

"要是邀请我的话，我肯定会去的。"

"我也是。"

"可是，得要他自己先提出来才行啊。"

"是啊，刺猬要是不邀请我们，我们也不会邀请他的。"

"对啊，我们也不邀请。"

动物们耸耸肩膀。刺猬心想："现在，就在这个瞬间，森林里、大海里、草原上，还有云朵后面，动物们一定都在互相串门儿，除了我。而他们都在跳着舞，然后谈论着关于我的事，说完后大家肯定还会耸耸肩。"

刺猬感到非常悲伤，因此他跑到外面，竖起耳朵，想听听有没有哪里在开派对。

但是森林里静悄悄的，只听见从遥远的地方传来大象从树上掉下来的声音，从更近一点的地方传来青蛙唱歌的声音。青蛙的和声刺猬可没有办法发出来。不管在哪儿，似乎都没有动物在开派对。

刺猬突然想到："派对可能已经结束了，而且从明天开始也不会再有什么派对了。"

刺猬试着想象了一下，如果森林里立着两个大大的牌子，那会怎么样？上面写着：

即日起禁止做客

还有：

即日起禁止邀请

或许大家都不会互相串门儿，全用写信来交流了吧。不仅如此，信会越来越少，内容也会越来越短吧。比如：

你好呀，刺猬。

好像没别的话可说了。

还有：

你好，苍蝇。

我……

接着就没什么话可说的了。

这样一来，刺猬就算不邀请任何人也没关系了。

刺猬将耳朵竖得笔直，似乎听到远处传来动物们叹气的声音。听起来他们都很难过，因为他们还是喜欢像以前那样互相串门儿，互相写信。可是谁让森林里禁止做客，禁止邀请呢。

该怎样做才好呢？刺猬想了想，从碗柜的抽屉里拿出信，读了两遍，又盯着自己的脚趾。经过深深的思考，他还是将信放回了原来的位置。

7

刺猬静静地站在碗柜前。他想了想自己的信，又摇了摇头。但过了一会儿，他又马上改变了想法，点了点头，接着又摇了摇头，然后又点了点头。他反复地摇头、点头，一天反复了一百多次。他又想：“我的想法总是不停地改变，可哪一个我都不满意。我到底在想些什么呢？真是怎么也说不清。”

他干咳了两声，端正地坐了下来，想了想自己平日里比较熟悉的、如果收到邀请很有可能会来的那几个动物。

比如巨天牛……刺猬挠了挠后脑勺。

“不行，”他想道，“是我想错了，他一定不会来，可能连我的信都不愿意读，还有可能写这样的回信。”

亲爱的刺猬：

我去不了。

你一定是想让我帮你做点儿什么事情吧？

你一定也很想要没有刺的皮肤。

或许你还想脑袋上长出两个角。（谁都想自己脑袋上长出两个角，对吧？）

或许你还希望爬行的时候别再那么沙沙作响。

或许你还想学会唱歌。

或许我上面说的这些你全部都想实现。

但是还是保持你现在这个样子吧，怎么样？

你有些孤独，不够自信，还有点不安。

可是不管怎样还是有一点幸福的吧？

想象一下有动物来你家做客是什么样子，怎么样？

试着和他们说说话、跳跳舞。

让他们感觉你是亲切的，怎么样？

让他们能够说出“刺猬要比想象中亲切得多”这句话，怎么样？

巨天牛

刺猬点了点头，写了回信：

亲爱的巨天牛：

谢谢你的来信。

你说得很对，这些都是我想要的。

我会试着想象一下家里来客人的场景。

我也会继续保持我现在的样子。

刺猬

他反复写了十遍，到最后还是都擦掉了，没留下一点痕迹。

这都不重要，反正巨天牛是不会来的。所有动物里，就他一个是绝对不会来的，这点刺猬可以肯定。

但是，刺猬却希望巨天牛是唯一能来家中做客的动物。和自己一起喝茶，也不会说任何话。他们只是互相点点头，然后巨天牛就安静地回家。如果可以这样就好了。

刺猬走到窗台边，望着窗外。他想象着所有动物从四面八方朝他走来的场景。动物们喊着："刺猬呀，刺猬！我们来了！谢谢你邀请我们！"

"我不在！"刺猬很想这样叫，但他还是喊了声，"好的！"

8

刺猬在餐桌前坐好，他想到了蜗牛和乌龟。如果他发出邀请，他们肯定会来的。

此时，他眼前浮现出这两个动物的样子。

“走吧。”乌龟说，擦得锃亮的背在太阳下闪闪发光，似乎将光芒都反射到了树顶上。

但是蜗牛摇了摇头：“现在去不了。”

“明天可以吗？”

“明天也不行。”

“那什么时候才可以？”

蜗牛认真地思考了一会儿，头上的触角朝着四处轻轻摆动着，然后说：“不管什么时候都不行。”

乌龟盯着地面，将脑袋缩进了背上的龟壳里。

“你当然可以去，”蜗牛大声说道，“你什么时候都能去，我承认！”

乌龟将自己的脸完全藏在了龟壳下面。

“是吧！”蜗牛又大声说道，他努力不让自己哀求乌龟，可是往前一爬，就已经说出了这句哀求的话：“别走！别丢下我一个人啊，朋友！我现在已经开始往前走了。”

乌龟的头从龟壳底下钻出来，也同样往前迈出了一步。

蜗牛继续大声说：“我这么求你，也是为了配合你的性子，你知道你是谁吗？”

“不知道。”

“你不是乌龟。”

“什么？你说我不是乌龟？”

“你不是乌龟，是老顽固。哦哟，瞧，这不就是老顽固吗？老顽固正在走路呢！你真的好顽固！就是这样的，你知道你顽固到什么程度了吗？你知道吗？你从来都不敢推掉任何邀请！明天去拜访北极熊，后天又去住在月亮上的谁谁家里做客，总是这样。收到一次邀请后，后来的邀请通通都接受。但是你得知道，因为你的这种行为，别人都蒙受了损失。强迫别人，让别人受累，拖着别人到处走，这些都是你干的好事！但你一点儿也不知道，对吧？你肯定不知道，你不会知道的，因为你的脑子里面只有一件事，就是你自己。是吧？你现在知道你是什么样的家伙了吧！”

“不是这样的。”

“你真的只按照自己的想法来，很任性。”

蜗牛一边说着，一边前进了一步，然后又停了下来。他已经筋疲力尽了。刺猬家远得简直超乎他的想象。他现在只是不停埋怨着，其他什么都不想做。

乌龟一动不动地站着，想念着那个盼望已久的冬季，那个漫长的、可以在龟壳下的黑暗中沉沉睡上一觉的冬季。

9

刺猬站起身，在屋子里走来走去，过了好一会儿才在床边躺下。

他就想暂时躺一会儿。要是再起床，他肯定还会胡思乱想的。要是再胡思乱想，就又会犹豫，他总是这样。刺猬叹了一口气，暗自想道：“对我来说，犹豫比身上的刺还多，幸好‘犹豫’这种东西看不见也摸不着。不，或许能被看见，除了我之外，其他人可能都能看见。他们或许会说：‘刺猬……不就是那只满身都是犹豫的动物吗？’‘嗯，就是那个家伙，那家伙的确总是犹犹豫豫的！可能要犹豫一千次才能下一个决定。快看，他的犹豫还会发光呢！刺猬好像都快变成太阳啦！’”

刺猬闭上眼睛，又陷入了思索中：“我总是那么犹豫，有时候也很忧郁。可是，我从来没有因为困难而退缩，现在可不能就那么傻傻地待着啊。”

刺猬知道，每当自己不知道该怎么做的时候，心里总会发出一声叫喊：“慢着！”就好像撞上了某种不该撞上的东西似的。

刺猬想起了癞蛤蟆。癞蛤蟆想要发火的时候，好像总会听到他从喉咙里发出一声“慢着”的声音。

清晨，时间还早，刺猬就听到有人敲门。

“来了。”刺猬说。

癞蛤蟆走了进来。

“你好，刺猬。”

“你好，癞蛤蟆。”

“刚好经过你家，就进来看看。”

“好啊。”

癞蛤蟆朝四周看了一圈。

两个动物喝着茶，面对面坐了好长一会儿。“把茶全喝完的话，他就会回去了吧？”刺猬心里想道。癞蛤蟆的拜访让人意外，不过现在应该没人会来了吧。

可是，癞蛤蟆清了清嗓子，开口说道：“好想发火。”

“为什么？”

“只要去别人家里做客，就特别想发火，发火的话心情就会变好……就算没有蛋糕也没事。”

刺猬什么话都没有说，他一次都没发过火。

“咕噜噜，一直压不住总往上冒的火气。”癞蛤蟆接着说道，“太生气了，所以火气都往上冒，很想爆发出来。”癞蛤蟆看着刺猬，继续说道，“要是你能让我发火就好了。”

“我做不到。”刺猬小心地回答道。

“你可以做到！”癞蛤蟆尖叫着，猛地跳了起来。

“我不是来了吗？那么我不就是你的客人吗？我说我现在想发火！你快说，你认为我是什么样的动物？快说我是个狠毒的家伙！说我像个傻瓜！长得丑！最好别来！说希望我永远消失！还破坏了你的冬季，快说呀！”癞蛤蟆握着拳头，一边说着一边挥了挥。

“可是我从来没这么想过啊。”

“我偏要你那么想！”癞蛤蟆尖叫着说，“你必须得那么想！”癞蛤蟆的身体剧烈地膨胀起来，浑身都变成了深绿色。渐渐地，刺猬的屋子都快被他的身体挤满了。

“快点！”癞蛤蟆用奇怪的声音喊着，“快点那么想！”

“我，认为你很坏……”刺猬的声音小得就像蚊子叫，说完后他赶紧闭上了眼睛。

“你说什么？”癞蛤蟆再次高声喊叫起来，“你刚才说什么了？说我是个坏家伙？”

但奇怪的是，癞蛤蟆并没有再次膨胀起来，浑身的颜色也没有变得更绿，更没有因为愤怒而爆发。相反，他的眼睛里面还出现了仁慈的光芒。

刺猬翻身躺下，他只想安安静静地，什么也不想……却怎么也控制不住自己的心。

10

“如果家里要来客人，还得提前改造一下。”刺猬躺在床上，一时忘了癞蛤蟆的事。

如果客人们不是一个个单独来，而是成群结队一起来的话，就得提前整理出一间屋子。他们可能都认为只有自己收到了邀请。客人们或许会一起在屋子里转悠，或者全都一起坐下。

鲇鱼、鲤鱼或者刺鱼等水里的客人如果也来了，还得在一个角落里为他们准备好池塘。

刺猬还打算在客厅后面为自己专门准备一个屋子，那个屋子不会让客人进来，房门上会挂上这样一个牌子：

主人专用房

禁止敲门　禁止出入

刺猬

要是有客人来，刺猬可以进这个屋子待着，这样就能自在一些了。

他还可以在墙上打一个孔，透过那个孔看看客人们在干什么。

动物们会在客厅站着，互相询问："刺猬到底在哪儿？我们都来了，难道他不住这儿吗？"

"啊，我也不知道。"

然后，刺猬就会大喊一声："我现在就出去。"但是他不会真的出去的。紧接着就会有客人来敲门。这样的话，刺猬就会大声回复："等着！"

等到一天快要结束的时候，客人们仍旧没见到刺猬的面，但是必须得回去了。等他们都走光，刺猬会一个人在巨大的客厅里走来走去。

其实，刺猬最喜欢的事情就是独自转悠。很少有动物来拜访他，他也很少去做客。还记得有一天，蚂蚁对他说过"伴奏曲"这个词。或许，他应该把这个词写进信里。

你们都是我人生的伴奏曲。

可是，或许他们都不知道伴奏曲是什么意思。他们可能以为

就是单纯的“噪音”，说不准还会拿来喇叭和很大的鼓，还没走到刺猬家就发出很大的声响。

于是，刺猬决定不写这句话。经过再三思考，他又决定不再改造屋子。

“不管是身上的刺，还是其他的什么，朋友们应该接受所有的一切，接受我现在的样子。”刺猬这样想道。

11

刺猬盖上被子，努力想让自己入睡，可是却怎么也睡不着。

他突然想起了犀牛，眼前浮现出犀牛的样子。

犀牛站在刺猬家的门前，敲响了门。

犀牛……

刺猬深深地叹了口气。

但是很快，刺猬就批评了一下自己。犀牛是来我家做客的，因为我邀请他了啊。

于是刺猬赶紧说："快进来。"

"你好，刺猬。"犀牛问候了一声，然后走进了屋子。

"你好，犀牛。"刺猬也打了声招呼。犀牛的拜访让他非常高兴，他很想亲自带犀牛来屋里坐下，很想对犀牛说声"稍等我一下"，也很想对犀牛说"茶马上就泡好"。喝完茶以后，刺猬很自然地盼着犀牛能起身离开，因为犀牛肯定还有其他的事情要做。但是，犀牛走到桌边，一把将刺猬抱进怀里。

“我太惊讶了，刺猬呀，你竟然邀请了我，我很早以前就想来你家做客……可是我以为你不喜欢我来……因为我总是挡住别的动物的路，或者挤到他们中间妨碍他们……我好像还挺喜欢这样的……我们现在，一起跳个舞吧？”

还没等刺猬回答，犀牛就举起刺猬，转起了圈圈。犀牛从来都没等过刺猬的回答。刺猬什么话也没说，放任犀牛拖着自己，在屋子里还有屋子周围转来转去。

虽然刺猬被抛向天空很多次，但是每次他都可以抓到犀牛的角。犀牛一边跳舞一边唱歌，两个人一直大声喊着：“啊呀！”刺猬总用身上的刺去刺犀牛的肚子，因为犀牛老是踩到刺猬的脚趾。

到最后，他们的腿交叠着，翻倒在地上，就这样在地上躺了很长时间。

“这真是有趣呢……”犀牛自言自语道，“我真的好喜欢跳舞！”他费了好大的劲儿起身，将肚子上的刺拔了出来。

而刺猬却依旧躺着，他的刺都被折断了，弯弯曲曲地留在身上。跳舞真是累，得穿厚点的鞋子才行。应该早点告诉犀牛自己不会跳舞，也应该早点把家里的茶全都拿出来泡上，反正茶还有很多。

“好啦，现在我得走啦。”犀牛说。

“嗯，好的。”刺猬轻声说道。

“下次别忘了邀请我，下次还可以一起跳舞，我还有几个非常特别的舞步没跳给你看呢。”

12

幻想结束，现在该起床了。刺猬起身坐在床上。一坐起来，刺猬就莫名其妙地想到了小熊。

小熊也突然走进了刺猬的家里。

“你邀请我了呀，所以我才来了。”小熊快速地瞄着周围的东西。

“你好，小熊。”

“你应该为我准备好茶水了吧？我喜欢喝茶，还有没有什么我们可以一起吃的食物呢？”

“嗯。”

“都有什么吃的？”

“我得看一下我的碗柜，因为你突然到来……”

“我去看看吧。”

小熊不等刺猬回答，就跑到碗柜前面，打开了柜门。他发现了放在最高的搁板上的那瓶柠檬蜂蜜。

“你泡茶的时候，我可不可以把这些都吃了？”小熊打开瓶盖，将舌头伸进了瓶子里。

“可以，没问题。”刺猬泡着茶说道。

小熊一下子就把蜂蜜都吃完了，又向刺猬问道：“还有别的吗？”

“你稍等一下……”

“怎么了？你不知道家里还有什么吃的吗？要不要我帮你找找？”

小熊把碗柜翻了个遍，接着又仔细翻找了一番其他的柜子，但是却什么也没找到。

过了一会儿，等刺猬将两个茶杯放到桌子上时，小熊又跑到床上躺下，在被窝里摸索起来。

小熊遗憾地说：“这儿什么都没有。”

“嗯。”刺猬回答道。他没有将任何东西放到床上，当然不会有东西。

小熊将刺猬家的角角落落都找了个遍，还敲了敲墙壁，看看是否会有柜子藏在墙壁里面。

“真的什么都没有了呢。”最终，小熊无奈地说道。

“嗯，现在什么都没有了。要说有的话……”

刺猬闭上了嘴巴，因为这时小熊爬到了桌子上仔细地盯着那盏灯看。小熊期待着，刺猬可能专门为意外到访的客人准备了一些自己还没尝过的食物，比如蜂蜜罐、蜂蜜蛋糕。

“什么都没有呢。”小熊从桌子上下来，耸了耸肩，再次扫了一眼周围。“得去其他家看看了。”小熊这样自言自语道，然后离开刺猬家朝着森林跑去。

13

“或许，为了那些来找我玩的客人们，我得专门准备一个蛋糕。”刺猬这么想道。

他点了点头，做好烤蛋糕的计划以后，就得发邀请函了。

大家都喜欢怎样的蛋糕呢？刺猬陷入了苦恼之中，得考虑到所有动物的爱好才行。蜂蜜蛋糕是一定要有的，还得有泥巴蛋糕、奶油蛋糕、橡子渣蛋糕、珊瑚礁蛋糕、海水泡沫蛋糕、鸽巢蛋糕、藤蔷薇蛋糕、莲花蛋糕、睡莲蛋糕、苔藓蛋糕，还有一些其他的蛋糕……

为了符合某些动物特别的口味，刺猬一直在大脑里构思着各种各样的蛋糕。

蛋糕一个个出现，越来越多……刺猬为了准备好放下这些蛋糕的空间，将桌子、椅子、碗柜，甚至床都移到了屋子后面。

可是，还不够！

还得准备一个漂亮的沙子蛋糕，还有淡水和海水均匀混合在一起的蛋糕、车前草蛋糕、柳树根蛋糕、雪花蛋糕……

蛋糕将整个屋子都挤满了，就连天花板都被挤破了，马上就要将屋顶也挤破了。蛋糕朝着窗口挤了出去，大门也被挤开。可是，现在蛋糕都还没开始发酵呢……

刺猬踩在蛋糕上，四处张望。蛋糕竟然比自己家旁边那棵耸立的大树的树顶还要高。

正当蛋糕高到快要穿透云朵的时候，有动物来了，指着蛋糕问道："这是什么？"

"蛋糕。"刺猬回答。

"蛋糕吗？"客人大叫起来，"我讨厌蛋糕。别的都喜欢，就是不喜欢蛋糕。"客人还生气地说道："这就是你所说的招待客人吗？"说完这话，客人就转身走掉了。

又来了一位客人，说道："我喜欢蛋糕，没有比蛋糕更美味的食物了。但是，这不是泥巴蛋糕呀。"

紧接着又有一位客人罗列出了自己喜欢的数百种蛋糕。不过那客人却没有提用淡水和海水做的蛋糕。

整整一天，动物们都来到刺猬家，看到蛋糕就问是什么蛋糕，仔细想了想后就走掉了，回去的路上碰到迎面走来的动物就问道：

"你们是去刺猬的家吗？"

"是啊。"

"别去了！别去了！刺猬烤的蛋糕太可怕了。"

"是吗？"

"是啊，从来没见过那么可怕的蛋糕。"

然后，其他动物听了这话也都转身走掉了。

"或许，只要烤一个我自己喜欢的蛋糕就好了。其他动物如果说不好吃，或者太小了的话，自己吃掉不就行了吗？"刺猬深呼一口气，想道："还是再考虑考虑吧。"

刺猬点了点头，现在还是先起床吧。

14

“要不然算了，谁也别邀请了。”刺猬站起来后，这样想道，“说不定这才是最明智的选择。”

刺猬低头看着自己的脚，一直在想：“这么一来，我会变得更加孤独吗？比现在更孤独？”

他想得更深入了，想象自己往下坠落，贴近了看不见底的深渊。他的身体骨碌碌地旋转起来，身上的刺也笔直地竖了起来。

“孤独是想让我变成这个样子吗？”

刺猬不知道孤独想要的到底是什么。

“孤独到底想要我干什么呢？”

每当在黑暗中，强烈感受到自己很孤独的时候，刺猬总会这样问自己。然后，他似乎会听到某种声音，那声音像是有人在咳嗽，故意想引起他的注意，可是没有人来回答他的问题。

“不能告诉我一下吗？”刺猬小声地说道。

那声音再次传来，像是有人在咳嗽。

这是孤独发出的声音。

刺猬站在床边，想象着孤独突然一股脑儿消失，动物们全部跑来自己家里做客的情景。这时候，如果有个动物能够打开门进来，那孤独就会顺着门缝溜走，那样该多好，哪怕只来一个动物。

某个非常温柔、亲切的动物，某个总是会捧着山毛榉蜂蜜来串门儿的动物。

如果他来了，两人就会一起喝茶，不管是什么话题，两人都会一起聊得很开心，也可能会一起计划一场旅行。当然，这个计划可能很快又会被他们抛在脑后。两人会一起看着窗外，一起看着天色渐渐变黑。两人如果长时间不说话，就又会听见有人咳嗽的声音。

那是孤独再次回来了。

这样的话，那个动物就会问："谁呀？"

"我是孤独。"

"你住在这里吗？"

"这个嘛，我也不太清楚……反正就是在这里待着，有时候来，有时候走。"

"啊，这样。"

茶都还没喝完，重要的谈话都还没讲完，两人就会突然感受到一阵孤独感。

“我突然有种怪怪的感觉，那到底是什么呀？”那个动物有点慌张地问道。

“是我的孤独。”刺猬低声回答。

天越来越黑了，那个动物会安静地离开，而孤独则继续留下。

15

刺猬感觉自己额头上生出了皱纹。

“可事实上我并不孤独啊，我不是还有我自己吗？我也可以和自己说话，也可以看见自己，不管什么时候我都在，不会离开啊。”

刺猬起身，走到镜子前，踮脚站着，轻轻地晃动身体，看着镜子里的自己。

“你好，我自己。”他静静地说道，“我在看着你，你在我面前无法躲藏，躲不开的。并且你还知道我的秘密，可别说不知道了，一切都写在你的脸上，还有你的嘴……说说看吧，关于我，你都知道些什么？”

刺猬摇了摇头，看来一个人还是不行，因为没有人来分享秘密，所以也就没有人会替他保守秘密。

刺猬严肃地看着镜子里面的“自己”，看来得给“自己”点颜色瞧瞧了。“你肯定有秘密吧，朋友，对，说的就是你！你问我为什么这么问？因为我不知道你在想些什么。”刺猬对着镜子大声喊着。

刺猬还想道：“得狠狠扇‘自己’巴掌，扇到‘自己’翻倒为止。如果没有刺的话，早就该这样做了，让‘自己’狠狠地尝尝这厉害。”

刺猬叹了一口气，他想：“我自己都……看不起我自己。如果镜子中的‘自己’不存在的话……这种事可能发生吗？如果照着镜子的时候看不到任何人，那我真的就变成一个人了吗？”

刺猬颤抖着身体，坐到床边，然后用毯子盖住了冷得像冰块一样的脚。

“我自己……”刺猬想道，“我自己，究竟是什么呢？‘自己’真的好累，‘自己’肚子好饿，‘自己’想睡觉；‘自己’望着窗外，‘自己’身上有刺；‘自己’应该写封信，邀请大家来家里做客。”

刺猬拿拳头敲了敲额头。“‘自己’就住在这儿，这里，住在这身体里面！那是我自己，对，没错，哎哟！”

16

刺猬弯曲着身子，小心翼翼地拔出刚才敲打额头时刺进手里的刺。他再次站到窗边，望着窗外。天空一片黑暗，挂在槲树树枝上的最后一片叶子也随风飘落下来。

刺猬开始想象第二天会有什么动物来看望自己。

或许是大象。

“你好，刺猬。”

“你好，大象。”

“我来了。”

“太好了。”

大象坐在椅子上，刺猬为他泡茶。

“我们聊些什么呢？”大象问道。

刺猬也知道，有客人来了，就应该和客人一起聊天谈话，但是，却不知道该聊些什么。

“我也不知道。”

两人各自喝了一口茶，都思考着要聊些什么，可是却想不出来。

大象环顾了一下四周，看到窗边放着一把椅子。

“刺猬呀……”

“嗯。”

“我可以把那把椅子放到桌子上吗？”

“可以啊。”刺猬觉得，对客人的请求都要说“可以”，所以就这样回答道。

大象便把椅子放到了桌子上。

“那我可以坐到桌子上的这把椅子上吗？”

“可以。”

大象便爬到桌子上，又坐到桌子上的椅子上。

“那我还可以爬到椅子的扶手上吗？”

“嗯，可以。”

“只用一条腿吗？”刺猬看到大象只将一条腿放到椅子的扶手上，疑惑地问道。

“现在转着圈跳舞也可以吧？没关系吧？我可以做到呀，看，你看！”

刺猬感觉大象的这个提议很有问题，可是他还是想回答“没关系”。不过，还没等他回答，大象的半边身体已经转了起来，然后他就和椅子一起从桌子上掉落了下来，桌子腿也被压断了，他一股脑翻倒在地上。

“啊呀！”大象揉着后脑勺，将摔坏的桌子和椅子碎块都推到了一边，然后一脸难过地看着刺猬。

刺猬想象到这个画面，暗叫道：“这真不好！希望大象明天不要来了。”

他害怕自己的想法又发生改变，马上钻到了床底下。

17

刺猬躺到床底下，心里暗想：“躺在床底下的时候，或许也会有人来看望自己，那应该怎么办呢？是不是该大声叫出来：‘我躺在床底下呢！稍等我一会儿！’或者干脆装作不在家？”

这么想着，长颈鹿慢慢地进入刺猬的想象之中，先是鹿角，接着是脖子，然后剩下的身体全部都走了进来。

长颈鹿环顾着周围，心里想：“看来刺猬不在家啊。”他将头伸进碗柜下面，接着是桌子下面，然后是床底下。

“原来你在这儿啊！”长颈鹿大叫起来，“真有趣啊，竟然藏到床底下了！我就知道你是故意躲在这里吓我的！来这儿的路上我就在想，去刺猬家里肯定会有什么特别的事情发生。你躺在这里很久了吗？等有谁到我家来的时候，我也试试躺在床底下。不过我会在玄关那里挂上一个牌子：‘真心欢迎您来我家看望我，请来床底下找我！’如果不挂这样的牌子的话，客人有可能会转身就走的，那不就白躺了吗？

“而且，还可以在床底下开一个派对。对，这个主意不错，把所有动物都邀请过来。我的床可大了，大到所有动物都能躺在那下面。大象、熊、蟋蟀、犀牛、天鹅……大家都能躺下。

“如果大家都觉得无聊的话，我可以大声喊：‘这就是我的目的，无聊的派对！’如果大家想喝点什么或者吃点什么，却又挤在床底下出不去，那时我会大声喊：‘这就是派对！派对就是这样的！’

“关于我的这个派对，朋友们肯定会谈论好久好久。例如，有动物会说：‘你还记得吗？’‘什么？’‘那个真正的派对，长颈鹿家床底下……’肯定有动物会回答：‘当然记得啊，别的派对都忘记了，可是那个却忘不掉。’”

长颈鹿说了好多好多话，他觉得自己能将头伸进床底下十分有趣。

刺猬什么话也没说，呆呆地躺着，整个身体都挤在墙壁和长颈鹿的脖子之间。

接着，长颈鹿开始谈论起被压得扁塌塌的鹿角来。

“对于有角的动物来说，你的床底真是太低了。我好像听到鹿角抱怨的声音了。嘿，鹿角们，我会出去的，你们听到了吗？别再那么抱怨啦。”长颈鹿又说，“对于鹿角来说，偶尔被压扁一次也是件很好的事，总得经历一两次挫折才行。”他的鹿角一直在自己的头上，就像王一样威风，高高在上，一直活得很舒服，就算什么都不做，也能经历很多事情。

“我好想让鹿角变成我，而我变成它们，站在头顶。动物们都会抬起头奇怪地看着我。对啊，就是在说你们呢，鹿角们，现在我正在谈论你们呢。”鹿角们兴奋地到处乱晃，长颈鹿好不容易把头稳住，看着刺猬，继续聊天，“你难道就不想变成你身上的刺吗？不想变成刺，然后耸立在你的背上吗？或者我说的这些，你都想过？”

“我也不知道。”刺猬不知道长颈鹿还要在这里待多久。

接着，长颈鹿还想说上次自己去看望鲸鱼的故事。长颈鹿乘着小船，去了鲸鱼家。鲸鱼从背上喷出喷泉，喷到了长颈鹿的身上，然后奇怪地看着长颈鹿。“真是好有趣，像是在下雨一样。”长颈鹿回忆道。长颈鹿和鲸鱼聊着天，讨论鲸鱼的胡须和长颈鹿的鹿角有什么一样的地方，又有什么不同的地方，聊了好几个小时，长颈鹿还说鲨鱼和飞鱼也来看望鲸鱼了。

刺猬实在不想听长颈鹿继续说鲸鱼的事情了，于是说道：“现在你可以走了吧。”

“谢谢你。”长颈鹿将头从床底下伸出，向刺猬表示感谢，“真是好有趣！我特别需要这样互相分享故事的时间。刺猬呀，你要不要来我家玩啊？来我的床底下？”

刺猬既没有答应，也没有拒绝。长颈鹿走出了门外。

刺猬听到长颈鹿在外面见到其他动物后，向他们说起在刺猬家做客的经历，也就是在刺猬的床底下发生的事情。

“在床底下吗？”其他动物都问道。

“是啊，床底下，真的好有趣。不管是谁来，都与刺猬在那里见面。”长颈鹿回答。

18

“鸵鸟，或许鸵鸟也会来吧？”刺猬在床底的黑暗中这样想道。

刺猬一次都没见过鸵鸟。还记得有一次，刺猬听蚂蚁说，如果要鸵鸟来做客，得提前准备好一个让鸵鸟放头的地方。

“准备什么样的东西呢？”刺猬问过蚂蚁，那时候蚂蚁耸着肩膀说：“你见了就知道了。”

见了就知道了……刺猬好好地考虑了一番。见了会知道什么呢？天空？或许鸵鸟就想将自己的头朝天空立着也不一定呢。或者躲进墙壁里。

鸵鸟走了进来。

“你好，刺猬。”

“你好，鸵鸟，要喝杯茶吗？”

“好呀，喝茶挺好，可是我得先把我的头放好。”

“对啊，你想放到哪里？”

鸵鸟的眼睛朝着周围扫了一圈。刺猬心里想着：“现在终于要知道蚂蚁所说的那个地方是哪儿了。”

鸵鸟看着碗柜，然后走过去，打开抽屉，将头放进去后马上又抽了出来。

“不是这儿。”鸵鸟嘟囔道。

他跪坐在地上，将头伸进床底下、镜子下面、窗户框里，然后马上又把头抽了出来，摇了摇头。

不管是在哪儿，他都说不通风，而且冷。

刺猬泡来了茶。

“不知道要放哪儿，选择的地方太少了。”鸵鸟将头伸进灯泡里面，抽出来的时候，不小心碰到了刺猬的刺。

“啊呀，真是受不了了。”

鸵鸟到椅子边坐下，然后一脸悲伤地垂头看着胸前的羽毛。他的头几乎都埋进了胸前的羽毛里，郁闷地想着：“我可是怀着满心的期待过来的啊。”

刺猬将茶杯放到鸵鸟面前。

“不好意思我得走了。来的路上，我还期待了很久呢。”

“这样啊，我还准备了蛋糕呢。”

可是鸵鸟连茶都没喝一口，也没问有什么蛋糕，什么话都没说就走了。

刺猬从窗口看到了鸵鸟跑出去的样子，还看到了他在椴树下面，一边喊痛，一边把头埋进沙子里的样子。沙尘四处飞扬。

19

刺猬依旧躺在床底下，再次想起了蜗牛和乌龟。

已经快到中午了。乌龟一直在蜗牛的前面走着，然后转身朝向蜗牛。“我们得赶紧了……”他小心翼翼地对着蜗牛说。

“赶紧？像你那么快吗？！”蜗牛大喊起来。然后，他停了下来，不但没前进，反而后退了一步，对乌龟说道：“你知不知道，听了这样的话，会让人感觉很痛苦。”

乌龟没说一句话，他自己也不喜欢这句话，很后悔说了那样的话。

“说了也白说，你肯定不知道！你只知道赶紧、快点、及时、现在、马上、快快快……”蜗牛大声抱怨着。

然后蜗牛的触角像是着了火，变得通红，他钻进了壳里。

“要不给刺猬写封信，就说一定会去，但是会晚一点儿，怎么样？”乌龟对着蜗牛问道。

“你自己多写点吧！”蜗牛大声回答，他正努力让自己冷静下来。

乌龟从自己的龟壳里掏出一张纸，在上面写他们可能会迟到很久，让刺猬不要讨厌他们。他希望刺猬能够谅解他们，这样他们就可以慢慢地赶路了。就算他们想快点走，也不可能实现，更何况他们根本不想走得太快。

乌龟和蜗牛都憎恨快的东西。

乌龟咬着笔头。他喜欢“憎恨”这个词，憎恨快的东西，憎恨匆忙的东西，憎恨没有忍耐心的东西。

蜗牛从壳里爬出来说道：“你干脆就写我们不去了。”蜗牛喜欢的词是“干脆”和“不是”。他特别希望别人叫自己“干脆不是”，而不是“蜗牛”。这样别的动物就会说：“听说那边住着‘干脆不是’呢，听说他既不走路，也不思考，更不说话……”要真的是这样的话，那他所有的荣誉可都是他的名字带来的。

但是乌龟并没有按照蜗牛说的那样写。

“刺猬邀请我们了，我们得去。”

“得去，一定得去……你总是说‘得去，得做’。”

“我们有那么做的义务。”

“义务？你越来越过分了。”蜗牛大声地喊着，忍不住发火了，可是却不小心撞破了自己的壳。

“你看……”蜗牛哭了起来，“你想想这到底是谁的错！”

乌龟帮蜗牛修好了壳，两人无言地再次踏上了行程。

“肯定会很有趣的。”乌龟说道。

蜗牛没有回答，轻轻地嘟囔着，朝着最近的一个草堆，一毫米一毫米地滑去。他想去草堆那边休息一会儿，平复一下心情。

“只要邀请他们，他们就会来吗？”刺猬暗自想着，“大概要到明年夏天他们才会到吧，如果那时到不了的话，可能得后年才到。”

20

“会不会有些连听都没听说过的动物也会突然都过来呢？”刺猬在床底下的黑暗中这么想着。

沙漠的蚯蚓、海里的老鼠、飞翔的螃蟹、晚上才出现的蛇……他们都一股脑儿拥了过来，惊讶地环顾着周围。他们不知道自己来这里干什么，甚至大部分都不知道自己的存在。

他们脱去外套，挂在刺猬的刺上，好几百件陌生的外套一下子将刺猬包围起来，刺猬连动都不能动一下。

“你们要喝什么吗？要不要喝茶？”刺猬问道。

“喝”？他们从来没听说过这个词，也不知道“茶”是什么东西。

最不可能存在的这些动物将桌子和椅子都吃光了。他们以为这是刺猬为了招待他们而专门准备的。虽然他们嘴上都说很好吃，但其实他们更希望能吃上有甜味的桌子和椅子。

他们也问刺猬，“串门儿”是什么意思。他们还以为“串门儿”就像是刺猬为了好好过冬而提前准备好的外套和帽子，是一种可以触摸到的东西，因为他们都盼望着别人温暖的“串门儿”。

或许他们会以为“串门儿”就是一张能够坐下来的椅子。

好多动物都走了进来，沙子虫、天空狮子、斑点泥巴天牛、粉红树懒……

他们将窗帘、镜子和床都吃掉了，甚至把刺猬身上的刺都抓下来吃掉了。

刺猬家里什么也没剩下，刺猬身上的刺也几乎全都不见了。动物们穿着彼此的外套滚来滚去，身上粘到了几根刺猬的刺。他们问刺猬，还有没有这种能够粘到身上的东西，真是又奇怪又好玩。他们一定很喜欢奇怪的东西。他们甚至都不知道自己是被刺猬邀请来做客的，也不知道“串门儿”与“帽子”不一样，是不能用眼睛看到的，不然的话他们一定都见过。

最后，他们各自朝着不同的方向，消失在森林里。

刺猬暗自想着：“如果我根本就不存在，那肯定是因为不知道该在哪里生活，所以才会不存在的吧？”

21

刺猬依旧躺在床下的黑暗中。

“这个地方是最安全的，虽然孤独，但是最安全。”他想，“在这里，不会因为自己而发生什么尴尬的事情。”

刺猬可以躺在那儿睡很久很久。

平常每到晚上，刺猬总会拿着床上的毯子盖在身上睡着，到了早晨就起床。但是如果是睡在床底下，他似乎可以一连睡上好几个月。不过，背上的刺被压得扁塌塌的，似乎都在表达不满，它们都在呻吟着，仿佛受到了很大的伤害。

“对不起。”刺猬用耳语般的声音说道。他知道身上的刺都喜欢竖立得笔直笔直的，并且想要的东西总是和自己想的不太一样。

刺猬想和刺们解释一下自己为什么要躺在这里，但是它们没做任何回答。

“你们说话啊，我让你们说点话。”

刺猬希望刺们能够回复自己，就像长颈鹿头顶上的鹿角一样——虽然除了长颈鹿自己，谁也没听到过他的角说了什么。

刺猬想，或许，刺们只在我睡着的时候聊天吧，就比如：

“你坐得还舒服吗？”

“嗯，还行。”

“你能不能往边上挤挤？”

“好的，行。”

“你，得往后面挪一挪。”

“现在呢，够了吗？还得挪吗？”

“可以了。”

“你是不是打呼噜了，是吧？”

“是啊！”

“刺猬睡着了真好。”

“是啊。”

“我们要不要换一个位置啊？你来背上站着，我去额头上怎么样？”

“要是真能那样就好啦！”

“嘘！别太大声了，小心点，刺猬会醒的！”

刺猬叹了一口气。他又想道：“若是它们能够说话，那肯定也可以唱歌了。这样的话，还可以组成一个合唱团。”

唱高音部分的刺，就把它们安排在眼睛的上面；唱低音的刺，就安排在最后面。要是谁来了，就可以唱一首欢迎歌。刺们都配合着节拍，一会儿弯曲，一会儿竖立，齐声唱道："我们的刺猬欢迎您的到来。快进来吧，要喝点茶吗？"

刺猬又想，最好在家前面的草坡上立一个牌子，上面写着：

今天合唱团公演，欢迎大家观赏

还要写上：就算没什么观赏的心情也欢迎到来。这样的话，就算有些动物一开始不太开心，来了以后也会变得开心起来。无论如何，刺合唱团一定会让大家感到舒服畅快，一定会有几百只动物前来。

长颈鹿肯定会被吓一大跳，并且肯定会第一个跑来叫喊，因为长颈鹿本来就很想拥有数百根鹿角。

到时刺猬会这么说："哼，就两根鹿角能干什么……可以来个二重唱，但是合唱肯定不行的。"

刺猬想象了一下自己身上只有两根刺的情景，一根在额头上，一根在背上。

刺猬想了一下，就情不自禁地抖了抖，微微蜷曲起身子。幸好他还有数百根刺，或许不只数百根。如果长颈鹿说他想要那些多余的刺，那么刺猬也许会给他一两根的。到了冬天，刺猬的合唱团会一直给自己唱摇篮曲。

“这是我的合唱团。”刺猬这么想着，进入了梦乡。

22

刺猬就在床底下进入了梦乡。他梦到自己在看书，那是一本名叫《做客的优缺点》的书。

书的第一章写着“做客的缺点”，刺猬看得心脏扑通扑通直跳。

书上写着做客前、做客时、做客后可能发生的事情。比如，大家会发生激烈的争论，蛋糕会馊掉，茶会产生咸味；由于故意的刁难，动物们可能会恶狠狠地看着对方，最终导致痛苦的误会；想坐下，椅子却坏了；有的客人没收到邀请，有的却停留得太久；有的歌唱自己编的曲子还不够，还要求大家一起唱，等等。

做客的缺点真是说也说不完。

“做客这种事情，真是令人讨厌啊。”刺猬看着书，心里想道。

他终于看到了第二章了，这章的内容是“做客的优点”。

第二章只有一句话。

“做客的优点，根本没有说的必要。”

没有说的必要，没有说的必要……放下书的瞬间，刺猬从梦中惊醒。“跟我想的一样，根本没有说的必要呢。”

刺猬转身躺下，想要继续睡觉。一会儿之后，他再次进入了梦乡。

“你要来我家玩吗？”

“那当然啦，那你也来我家玩啊！”

“好啊，那么下次你会再来我家的吧？”

“我好期待！再下次你就再来我家……”

动物们都十分期待去对方家做客。

可是动物们见到在森林里走来走去的刺猬，却没有打招呼，而是直接超过刺猬，快速地朝前跑去。

“为什么不和我打招呼呢？”刺猬对着他们的背影大声喊道。

“太急了，没空，我们得去别人家做客！”

“去谁家里啊？”

“互相去对方家。”

“那我呢？”

但是动物们却没有听见刺猬的话。

刺猬被惊醒，他的呼吸也渐渐变得急促起来。

他从床底下钻出来，在屋子里走来走去，看着窗外。窗外正是深夜。

他再次爬进床底，一会儿之后再次睡着了。然后，他做了第三个梦。

梦中，他收到了所有动物发来的数百封信。

“你真的不想来一次我家吗？”

“我是多么期待你能来我家做客啊，要是你能明白我的心意就好了……”

“现在你马上来可以吗？马上！”

“要是你现在不来，我真不知道该怎么办了，你好好考虑考虑吧。”

刺猬走出门，想去拜访给自己来信的每一个动物。他走到森林里的空地上一看，所有的动物都聚集在那儿。

“呀，你也来了！哇，真是太开心了，你竟然来了……来找我们了！”他们欢呼起来。

所有动物都朝着刺猬拥来，他们直勾勾地盯着刺猬，把蛋糕都塞进他的嘴里，说刺猬来得太及时了，如果晚一秒就会出大事了。

“啊啊，刺猬，刺猬啊……”所有动物都开始唱歌。

“呀，刺猬，我想说啊，你飞的样子真的好帅。”

“不，我不能飞啊。”刺猬大声说。

“不是啦，你没必要那么谦虚。”

他们把刺猬举起来，抛向空中。

“快看啊，你不是能飞吗？”

刺猬却“嘭”一声掉落到地上。

“下次就会飞了。”他们拍打着刺猬的肩膀。

“小心点，我身上有刺。”刺猬大声告诉动物们。

“没关系。”动物们各自用自己的手、脚、翅膀、鳍拍打着刺猬身上那个叫作“刺”的东西，就连蝴蝶也用翅膀拍着刺猬的刺。

刺都被打进了刺猬的身体里。他们一直拍打着刺猬，直到刺猬的身上只剩下汗毛。“小心啊，只剩下汗毛了，现在他已经不是有刺的刺猬了，而是秃头刺猬了！”动物们叫嚷起来。

突然间，刺猬从梦中惊醒，猛地坐了起来，头撞到了床板上。刺猬这才反应过来，自己在床底下。他松了一口气，再次转身睡下，他感觉到刺都好好地待在自己身上，安心地再次睡着了，也没有再做梦。

23

刺猬醒来的时候，天还是黑乎乎的一片。他在床底下看着自己的屋子。

“我的屋子，”他想，“这是只属于我的屋子。”

有时候，他觉得自己的屋子就像整个世界那么大，或许比整个世界还要大得多。

刺猬看着屋门。屋门就是这个世界的边缘，打开门走出去就会掉进宇宙里。会掉入宇宙的哪个地方呢？谁也不知道。

刺猬可以透过窗户看到一切。一切都是深黑色的，充满了秘密。他的身子不由得哆嗦了一下。

天花板是天空，电灯则是太阳。“太阳”虽然只在晚上出现，可是这不重要。

饭桌和椅子是山，桌子和窗户之间是沙漠。

那么大海在哪儿呢？还有江河呢？

刺猬暗自想：“江河呢，在我的床和桌子之间，虽然这只是我的想象，但也不是不可能，不管是什么都是有可能实现的。大海的话，我还得找找看，毕竟我一点也不了解大海。”

江面上荡漾着细小的波纹，微微的波浪拍打到江边的草丛上。江边还有柳树。

啊，风景真好……

刺猬似乎忘记了一切。他忘记了孤独、秋天，以及碗柜里那些他还没来得及寄出去的信。

他看到窗外似乎有什么东西掉了下来，好像是蝴蝶。

“你好啊，蝴蝶。”刺猬大声打着招呼。

果然没错，正是蝴蝶。“你好啊，刺猬！”蝴蝶也大声打着招呼。

“小心啊。”刺猬大声说，“外面是宇宙，要是你掉下去的话……”

“掉下去的话会怎样？”

“我也不知道。”

“真的不知道。”刺猬心想，“看来得好好想想，掉进宇宙到底会怎样呢？”但是现在想不出来。

刺猬闭上了眼睛。床和桌子之间流动着一条江。太阳当空，江面上闪闪烁烁。江边绿草如茵，刺猬在草丛里躺下来。

谁都没有来打扰他，也没有人突然来家里做客。

24

过了一会儿，想象中的屋子又变回了原样。刺猬心想：“啊，到底是什么东西那么复杂呢？”

他从床底下爬出来，散了一会儿步，然后决定想一想那些没有寄出去的信。应该马上就可以做出决定了。刺猬走到屋外，穿过附近的草丛，朝着森林里的空地爬去。

在那里他见到了蚂蚁。

要不，现在就邀请蚂蚁？那样的话，就没必要寄信出去了，因为之后肯定不会有客人来的。

但是，刺猬只对蚂蚁打了声招呼：“你好啊，蚂蚁！”

蚂蚁似乎在思考着什么，不过还是抬头看了看刺猬，回答道：“你好啊，刺猬。”

一时间，两个动物沉默地站着。刺猬希望蚂蚁能够说点话，但是蚂蚁却紧紧地闭着嘴巴。刺猬暗自想：“这时候我得说点话才行吧，可是该说什么呢？”虽然不是特别想说，可是刺猬一张嘴，这句话就自动冒了出来：“怎么会这么复杂呢？”

蚂蚁点了点头，说道：“是啊，一切都很复杂。”

“一切都很复杂？”刺猬问道，他想起了自己的决定：不邀请任何动物来家里做客。那的确是件复杂的事情，但是也有很多事情并不复杂。雨、风、树枝扫过的声音，像这种事情就一点也不复杂呀。

“对啊，你说说看有哪些事情是不复杂的呢？”蚂蚁问道。

刺猬仔细想了想，回答道：“空气。”

“空气！空气是所有的东西里面最复杂的了！”蚂蚁一蹦，蹦得老高，可是有点过头了，所以整个身子背朝下摔到了地上。但是他马上就爬了起来，拍拍肩膀上的灰尘，接着说道：“还有其他的吗？你说说看。”

刺猬又说了大地、森林、云。可是蚂蚁马上表示反对，说那些是世界上最最复杂的东西。每当刺猬说出一个自己觉得简单的东西之后，蚂蚁都会反驳说那有多复杂。

于是，刺猬干脆把自己觉得复杂的东西说了出来：“你最复杂。”

蚂蚁思考了一下，摇了摇脑袋：“我很单纯，刺猬呀，我应该是世界上所有的东西中最单纯的了，这么一说我还真是个奇迹。”

刺猬睁大眼睛，望着蚂蚁。

这时蚂蚁突然又蹦得老高，叫喊道：“可是事实上，这也是复杂的啊！单纯的东西也是复杂的，越单纯的东西就越复杂。我是这个世界上最单纯，也是最复杂的动物。”

蚂蚁说完以后就清了清嗓子。

刺猬没有再问什么，虽然他很想问问蚂蚁，去别人家里做客是不是件复杂的事情，但是他又害怕蚂蚁的回答比提问还要复杂，所以就不敢问了。

和蚂蚁告别以后，刺猬又散了一会儿步便回家了。然后他站在镜子前面，看着自己。

“你好呀，刺猬。”他轻轻地对着镜子里的自己说道，“你在吗？你偶尔也会去别人家做客吗？是啊，你本来就是个很亲切的动物。可是没有动物来找你玩，你也没有去找他们。真是可笑吧，嗯。”

他看着自己，露出亲切的笑容，然后指着桌子，对着镜子里的自己问：“想要喝点什么？”刺猬泡完茶，坐到镜子对面，对着镜子里的自己谈论着“两人”都拥有的刺和孤独。一会儿后，他对着镜子挥了挥手，告别了镜子里的自己，安心地舒了一口气。他把鼻子抵在镜子上，闭上了眼睛。

25

又过了一会儿，刺猬想起了河马，河马跑来的样子似乎也浮现在眼前。

“刺猬啊，”河马大声喊道，“我来了，你邀请我了啊，给我开门。”河马背上背着很大的东西，气喘吁吁的。

刺猬打开门，河马想要进门，可是背上的东西实在太大了。

“那个是什么啊？”

“是澡盆。”

“澡盆？”

“是啊，澡盆。”

河马把澡盆放在门前，说道：“好像得把墙壁打破一点儿才能进去了。”

“一定要这样做吗？”

“嗯。”

河马跑向远处，然后飞速地朝着刺猬家门口的墙壁撞来，墙壁随之倒塌。

他拿开墙壁塌下的碎块，清理出一条路，然后走进屋子，将屋里的桌子、椅子、床和碗柜通通推到了外面，然后将澡盆放到了屋子的正中央。

“来，收下吧，这是给你的礼物。”

“但是……”

“从现在起，你不管什么时候都可以洗澡了，要不要我教你怎么用？”

河马爬上窗台，对着盛满水的澡盆，“扑通”一声跳了下来。

巨大的水浪溅了起来，打在浴盆周围，刚才还好端端的墙壁现在全被打湿了。

“这就是澡盆。”

河马在澡盆里浮起来又沉下去，说道：“你也试试吧，刺猬。”

刺猬什么话也没说，静静地坐在角落里。

过了一会儿，河马从澡盆里出来，对刺猬说：“来，你看，这就是为你准备的澡盆。”

刺猬没做任何回答，但是河马还是觉得自己来的这一趟很值得。他还说，自己很想在拜访其他动物的时候，也送一个澡盆作为礼物。

“要不然，我把整个森林都泡在水里怎么样？对啊，我得那样做！造一个很大的澡盆，然后我们就从树顶上往下跳水。扑通！”

河马一说到这里，就丢下刺猬和澡盆，跳过墙壁的碎块，跑开了。他好像哼着小曲，消失在了江边。

“我并不需要什么澡盆啊！”刺猬心想，“也不想洗澡。”他只是希望能拥有一扇门，有谁来拜访也不用打开的，谁也无法通过的厚厚的一扇门。

26

刺猬正想着关于门的事情，脑海中突然浮现出树虫的样子。树虫也喜欢门。

他眼前浮现出树虫大声叫着“什么”，然后爬过来的样子。

“门，把门关上！”

“你好啊，树虫。”刺猬关上门，打了声招呼。

“你好，刺猬。”树虫在门上蛀出一个洞，然后钻了进来。

“要喝茶吗？”

“茶吗？能在上面蛀出洞来吗？”

“这个嘛……如果用你的鼻子……可能茶的香气会把你的鼻子穿出洞来……”

“我可不喜欢这样的东西。”

“你是来看我的吗？”

“不是，我是来蛀洞的。”

一个小时过后，刺猬周围就堆满了被树虫蛀坏的木头以及木屑。床、桌子、椅子、碗柜、屋顶、墙壁、地板……屋子里只要是木头做的东西就没有完整的了。

“还有吗？”树虫问道。

“不知道。”刺猬叹了一口气。

“我就想在那里蛀出一个洞来，就是你说不知道的那个地方。”说完这句话，树虫还说想在刺猬的刺上也蛀出洞来，他很好奇，究竟怎么样才能在刺上蛀出洞来呢。“我很喜欢挑战。”树虫说道。

“好吧，那你挑战一下看看。”刺猬拔下一根自己的眉毛，递给树虫。刺猬一边做着这样的动作，一边还想着：“我干嘛要说这样的话呢？”

过了一会儿，什么也不剩了。

动物们经过刺猬家所在的地方，肯定会说：“那是不是刺猬曾经居住过的地方？”“刺猬？”“是啊，刺猬啊。”“现在刺猬去哪儿了呢？”……

“被树虫蛀过的刺猬家已经变成历史了。”刺猬心想，“不知道动物们会怎么编写接下来的故事呢？动物们肯定会谈论，刺猬是如何因为树虫而变成了历史的。但是树虫仍旧会留在那里。”

听着动物们的话，树虫一定会想在他们所说的历史和未来上也蛀出洞来，不管是以前，还是以后，还是在这中间所有日子的小时、分、秒上，他都想蛀出洞，然后让它们都消失。

“不行，”刺猬心想，“绝对不能让树虫来。”

他做了一个牌子，在上面写道：

树虫：请你到别的地方蛀洞吧

他把牌子牢固地钉到门上，然后在牌子上画了下划线，还在最后加上了感叹号。这一切都做完了，刺猬这才感觉到在自己家里，自己和身上的刺是安全的。

不过，真的安全吗……刺猬不敢确定。

27

刺猬坐在桌子前支着脑袋，陷入了沉思。

蚂蚱会不会来呢？可能他明天早晨就会来敲我家的门了。他肯定会让我和他一起开店。

清晨，太阳还没升起，就有人在敲门，然后大声叫唤着："刺猬呀！"

刺猬从床上下来，吃力地朝着家门走去。

"谁啊？"

"我啊，蚂蚱。"

刺猬打开了门，蚂蚱走了进来。

"你好，蚂蚱，你收到我的信了吗？"

"嗯，收到了。"蚂蚱专注地盯着屋子的四周，时不时还点点头，然后将桌子移到了墙边。

“这里是展柜。”

“什么展柜？”

“我们店铺的展柜。所以我才来这么早，等一会儿快来第一位客人的时候就会开张的。”

蚂蚱转过身继续说道：“这是我们的玻璃展柜。”然后他又从刺猬的碗柜里拿出一块搁板放到了窗台上，他将用草做成的蜂蜜、木梳、套鞋还有刺猬用来修剪刺的剪刀都放到了搁板上，说道：“就卖这些东西。”

蚂蚱想了一会儿，又说：“你知道吗？这些会打折出售的。”

然后，他还在刺猬的床上贴上了“几乎全新”，在椅子上贴上了“非常舒适”这样的标签。

不一会儿，动物们就都出来买东西了。

早上快过去的时候，整个屋子里的东西都被卖光了。现在，蚂蚱又拿出了刺猬的外套，打算以非常便宜的价格卖出去，他还打算把刺猬在冬天常戴着给耳朵保暖的帽子也卖了。

黄鼠狼来买外套，河马来买帽子的时候，蚂蚱一脸认真地看着刺猬的刺，说道：“要不，我们把刺也卖了吧？买一赠一？一定很多人想买的，我们拔下几根放到玻璃展柜上试试吧？”

“但是，你今天不是来我家做客的吗？”

“做客？我们把这个也卖卖看吧，对了，就是这个，不管什么时候都有人有这个需求啊。就在刚才，我们出现了新的库存。

任何尺码、任何颜色的秋日做客！最新的流行啊！谢谢啊，刺猬，多亏了你，我还想到了这个。快点把这个陈列出来吧，大家想要的，我们都有。”

刺猬不知道该说什么才好。

28

蜗牛和乌龟可能还在来的路上吧。蚂蚱已经从刺猬的脑海中消失，他再次想起了乌龟和蜗牛。“我已经够慢了，可是他们更慢。”刺猬心想。

“乌龟啊！”蜗牛大喊。

“哎。”

“停一下。”

“为什么？”

“想问个事。”

“问吧。”

“你停下才能问你。”蜗牛又说。

乌龟停下了脚步。

蜗牛问道：“你就一刻也不停吗？”

乌龟回答："不，我经常待着不动啊。"

"什么时候？"

"现在。"

"现在……现在哪有待着不动啊？"

"那我现在干什么呢？"

"在等着我问话啊，这根本不叫待着不动。"

乌龟听了，一句话也没说。

蜗牛继续说："你真不知道什么叫待着不动。"

乌龟默默地低头看着地面。

蜗牛说："我们是不是已经走了一半路了？这就是我想问你的话。"

乌龟回答："没有。"

"那么，一半的一半？"

"没有。"

"那是一半的一半的一半？"

"没有。"

蜗牛扯着嗓门说："那，我们现在走到什么地方的一半了？我们已经到哪里了？"

乌龟叹了一口气，说："我们还是继续走吧，行吗？"

蜗牛又说："等一下。"

乌龟问道："为什么？"

蜗牛生气地说：“我不是在问问题吗？！不是说好了吗，我问话时，我俩都得停下，不这样的话我就没法问话，有疑问也无法得到解决，我们会走丢的，这样的结果我们谁也无法挽回。这都是因为你，不是吗？”

乌龟说：“你到底想问什么？”

蜗牛又回答：“想问你能不能暂时停下不动。”

乌龟又说：“所以我问你，为什么我得停下。”

“我不是说了吗，有话想问你。”

乌龟这次没话可说了。

蜗牛说：“你看，我说的话太对了。”

乌龟还在继续走。

蜗牛发火了，身体变得通红，他喊道：“好，你走，我成了你的负担，对吧？！你就让你的朋友一直在黑暗里爬行吧，你知道躲在龟壳里的你究竟是什么东西吗？”

“不知道。”乌龟转过了身，他明知自己是乌龟，却常常感觉自己在蜗牛的眼中仿佛是另一种东西。

“哼！这才停下，好，到了现在，你也想知道自己究竟是什么了吧。”

“是闪电吗？”乌龟问道。因为蜗牛经常这样叫他。

“不。”

“紧急状况？”

“不是。”

“快点快点？”蜗牛经常这么称呼他。

“是的，很有可能是这个，但是是另一个。”

“是什么？”

“你停止不动的时候不能说，因为你停下不动的时候并不是我说的那个东西。”

乌龟又继续走。

蜗牛喊道：“你现在就是我想说的那个。”

“现在得说出来了。”蜗牛心想，于是他便缩回到壳内，用乌龟听不见的声音说了一句骂人的话。

乌龟走了几步回头看，发现蜗牛已经缩回壳内不见了身影。现在的情况很奇怪，他感觉突然失去了热情，但好像又不是这样。是他对蜗牛死心了吗？对，就是死心了。虽然没能说出来，但是他感觉自己已经死心了。

乌龟把身体缩入壳中，睡着了。

蜗牛也睡了。

“恐怕他们现在是来不了了。”刺猬心里想着。

29

刺猬想："总有一天骆驼也会来的，从遥远的沙漠跑来，专门为了看望我而来！"刺猬的心怦怦地跳得很快。寄了这封信，想象中的一切都会发生的……刺猬面前浮现出骆驼的样子来，他渴着嗓子，急促地呼吸。

刺猬为骆驼在水壶里煮满了茶水，还急忙烤了几个沙子蛋糕。

骆驼喝了茶水，吃了蛋糕。

之后，他倚靠着身体，望了望周围，一脸惊讶。他指着某样东西问："那是什么？"

"椅子。"

"那这个又是什么？"

"床。"

“还有这个呢？”

“窗户。”

骆驼指着屋内的每一样东西问，然后每次都摇头。在骆驼看来，这些东西都没有什么用。

“那么这个呢？”骆驼指了指刺猬身上的刺，问道。

“刺。”

“这是你的吗？我头一次见到这种没有用处的东西，你不感到羞愧吗？”

听了骆驼的话，刺猬有点不太满意，就反问道：“那你背上长的两个峰是什么？”

“都是些不必要的东西！”骆驼喊道，“长了驼峰我也很惭愧，你也理解这种心情吧。你想要驼峰吗？”

“不想要。”

可是，骆驼却从背上摘下驼峰，猛地插在刺猬的刺上，还挥拳砸了几下，将驼峰牢固地钉住，然后还说：“好，那就插在这里吧。”

之后，骆驼安心地奔向无人的沙漠。

“啊！好开心啊！现在我的背上什么也没有了！”骆驼心想。

刺猬背着两个左右摇晃的驼峰，摇摇摆摆地走到窗前坐下，开始给骆驼写信：

我真的很想去沙漠看望你，因为你要过来的话太不容易了，有很多困难：没有合适的时间，天很早就变黑，我的刺会弄疼你，大家已经都回去了，这里会下雨，家里也没什么可吃的，现在谁也来不了了，天气很冷……

刺猬想出了更多的理由，并写在纸上，还说明了下雨究竟是什么，冷究竟是什么样的。之后，他将信抛向空中，信离开刺猬的家，朝着沙漠飞去。

30

“或许，雨要是不停地下，整个世界都会被雨水淹没的，甚至包括沙漠。”刺猬想，“如果真的发生这样的事，鲇鱼和鲤鱼就会接受我的邀请。”

这时，屋门大大地敞开，屋内翻涌着水浪。

“有什么事吗？”刺猬爬上桌子大声喊道。

“我们来了。”刺猬听到两个声音，“来看看你。”

鲇鱼和鲤鱼绕着桌子高兴地游着，偶尔将脑袋露出水面。

他们摇动着鱼鳍问好：“你好，刺猬。”

“你好，鲇鱼。你好，鲤鱼。”雨水已经淹没了刺猬背上最下面的那根刺，刺猬问道：“这水还要涨到多高呢？”

鲤鱼回答：“这水对我们来说已经够了。”

鲇鱼和鲤鱼在已经淹没了一半屋子的水浪中游动，看起来很安逸。

他们游到碗柜那里，在被水淹没的最底层的搁板上，放着他们从未尝过的柳树茶、蜂蜜蛋糕、生奶油等食物，他们全部都吃光了。

“刺猬，在这里吃可以吧？”

水位一直往上涨，刺猬吃力地爬上天花板的灯上，将身子都挂在上面，回答道：“行。”

鲇鱼和鲤鱼每当吃到新食物，总会发出感叹。

“怎么都这么好吃……”鲤鱼感叹道。

他又高兴地对鲇鱼说道：“鲇鱼，你也说点什么吧。”

雨水还在不断地往上涨，刺猬经过烟囱上了房顶，又爬上了柠檬树的树顶。这一会儿时间，房屋就被水淹没了，不见了踪影。

鲇鱼和鲤鱼把头伸出水面要告别。

他们大声地对刺猬说：“我们要去大象那里了。”

“好的。”刺猬挂在柠檬树的树顶上，回答道。

可是，他马上就要被淹没在水里了，因为他实在不知道再往上的话还能抓住什么。或许是月亮？或许是太阳？可是刺猬不知道自己能不能抓住月亮或者太阳。

31

刺猬深深地叹了叹气，好好想了想，接待客人的时候会发生哪些无法预料的状况，或者尴尬的状况。他想要稳定自己的心态，让自己不轻易怀疑，不轻易改变决定。

要是把信寄出去的话，可能乌鸦也会来。但乌鸦不会进屋，他不管去哪儿都不会到屋里去。

乌鸦问道：“为什么邀请我？”

刺猬回答：“因为没有动物来。”

乌鸦又问：“为什么谁也不来？”

刺猬没有回话。

乌鸦像是不相信似的到处走来走去，大声叫唤着。

乌鸦说道：“说不出来是吧，你肯定说不出来。”

“你要喝杯茶吗？”刺猬问道。

“我就知道会这样，在屋里谁都能喝茶，可我不喝。”

“不要这样。”

“不。”乌鸦不停地叫喊，“不喝！不喝！你是不是有什么预谋，我说的没错吧？”

刺猬说：“不是的。”

“对了，你一定是想把我卖掉，还想把我杀了，把我的尸体扔掉……”

乌鸦的叫声越来越尖厉：“所以，你长着刺，像锥子似的，想刺穿我。你肯定会说：‘来看，乌鸦肉做的串，现在要卖乌鸦肉串。’你会大声吆喝：‘谁要买乌鸦肉串吗？有没有人要买？’‘什么？你问是不是活的乌鸦肉串？怎么可能，谁会买活的乌鸦肉串！快来买呀！不要担心，乌鸦早就死了，这是乌鸦肉串。’”

“然后你们肯定还会有如下交谈。”乌鸦笃定地说道。

“哇，好帅啊，这串真是你做的吗？”

“那是当然啦，看这个刺，这可从是我身上拔下来的。”

“啊，现在终于知道你那些刺的用途了呢！”

“其实，我是先给乌鸦写了一封信。”

“是吗？写了什么？”

“就写了希望他能来我家做客。”

“就这样他就上钩了？”

“是啊，可怜的乌鸦啊，那家伙总是很轻易就上钩……对啊，总是很容易相信对方……”

“再告诉你一件事怎么样？”

“好啊。”

“那家伙不管去哪儿，都只能被骗，只能上别人的当。”

“是吗？”

“对啊。”

“他活着就是为了受骗吗？”

“对啊。看，快看，刚好那里有只乌鸦，乌鸦不管去哪儿，不管什么时候，总是会上当，他就是这样的，知道了吧？看，乌鸦肉串完成啦！”

“哇，真棒啊。那么现在……”

“现在怎么啦？没关系啦，这个一点儿关系都没有，不管什么时候，乌鸦都只会成为肉串，大家都想把他们做成肉串。”

乌鸦说完这番话，嘎嘎叫着飞走了：“我说得一点儿也没错，对吧，刺猬，肉串是不？你们都想把我做成肉串，乌鸦肉串，说的就是我！”一转眼，乌鸦就不见了踪影。

32

刺猬摇了摇头，抛开了关于乌鸦的幻想。他又想到了螃蟹，螃蟹肯定是会进屋来的。

“咚咚咚”，有人在敲门。

“哎呀。”螃蟹发出了声音。

“你好，螃蟹。”刺猬小声地问好，然后小心地后退到窗边。

螃蟹凶巴巴地说：“我来啦！”

他走到刺猬身边，用蟹螯拔下了刺猬头上的一根刺。

“哎呀。”

“再叫大声点，你已经知道这有多痛苦了，不是吗？”

然后，螃蟹一下子拔掉了刺猬身上的两根刺。

眼泪涌上了刺猬的眼眶，他发出细微的呻吟声，责问道：“你为什么这样做？”

“什么？要有理由吗？我就是愿意那么做，坐在椅子上需要理由吗？弯腰也需要理由吗？”

螃蟹开始在刺猬身上一根一根地拔着刺。

刺猬不满地呻吟着，抽泣着，还发出了哀号。

螃蟹却说：“你还得更痛苦，尖叫声还要更大，现在叫声太弱了，你现在的痛苦一点儿也不像真的。”

最终，刺猬身上的刺全都不见了。

这时，螃蟹问道：“可以喝一杯茶吗？”

刺猬流着眼泪说：“行。”

螃蟹用蟹螯夹起刺猬，将刺猬扔向茶水壶。“做客人也真是不容易……”他叹了叹气，“要喝一杯茶，还这么辛苦……”

“对不起。”刺猬尽可能快速地泡完茶，小声地说道。

螃蟹喝完茶，还吃掉了碗柜里巨大的蛋糕块，剩余的蛋糕都被他扔到了窗外。

然后，螃蟹把刺猬家的门拆了下来，用蟹螯夹着把门带走了。

“这是我来你家的纪念。”螃蟹指着门说，“我现在收藏各种门呢。”

“好吧。”刺猬抽泣着回答。

“下一次你还可以更痛苦一点。”

螃蟹消失了，刺猬呆呆地站在被拆走的空门前，长久地沉浸在思考中。凉凉的秋风吹了进来。

刺猬坐在窗前，计划着在房内的角落设置一个谁也拿不走的东西，那应该是一个螃蟹来了也进不去的地方，是任何人来了都进不去的地方。

33

那个地方，连马蜂也进不去。刺猬闭上了眼睛。

透过窗户，可以看到在柠檬树旁边的山楂树树枝上坐着的马蜂。

刺猬打开了窗户。

“你好，马蜂，你是来找我的吗？”

“是啊。”

“你可以进来啊。”

“不，我不想进，我到你跟前可能会蜇你的。”

刺猬点了点头，他心里也很清楚：“我身上也有刺，可我不会刺你的。”

“我们可不一样。”马蜂叹了口气。

刺猬想要把茶递到马蜂停留的树枝枝头，他努力把手伸向窗外，伸到最远才好不容易碰到山楂树的树枝。

马蜂在茶里倒了很多蜂蜜，然后才开始喝茶。两人开始谈论起蜇、被蜇和刺、被刺的故事。

“太奇怪了。”马蜂说道，“我必须得蜇，除此之外什么也不能做。睡觉、飞行、嗡嗡叫……这些事情我都喜欢，也经常做，但事实上却没法这样。再说我真的不想蜇人，可还是得蜇，这是真的，你也会这样吗？”

刺猬仔细地想了想，开口说道：“要说有的话，那应该是犹豫不决吧。我不想犹豫，可还是会犹豫。我很希望有人来找我，可是又很犹豫，不知道自己是不是真的希望有人来找我。吃完东西后，我会犹豫还要不要继续吃。睡醒了以后，我又会犹豫要不要起床。奇怪，对于所有事情我都很犹豫。”

“嗯，是很奇怪。”马蜂也回应道。

他们都没有说话，好像气氛变得这么奇怪是必然的，不管他们愿意还是不愿意。

这时，马蜂问刺猬，他可不可以进屋。

“没问题。”刺猬回答。

马蜂飞入窗口，坐在刺猬身边的窗台上。

“要再喝一杯茶吗？”刺猬问道。

“好吧……啊……我说……我……啊……啊，这狠毒的事情……我没有办法控制……”马蜂将身体转向了刺猬。

刺猬费劲地躲开马蜂的毒针，爬到了桌椅下面。

34

刺猬躺在床上，想着那些不愿意来他家的动物。

“啊，好累呀，但是还太早了，没到睡觉的时间。”他想，“有谁会想来看我呢？”但是一个动物都没想出来。

刺猬叹了口气，“除了我以外，大家好像都能想到一个愿意来做客的动物，这说明是我有问题吧，但那是什么呢？”

刺猬仿佛看到了在森林里走着的自己，在寒冷的冬天里，他用黑色的大衣包裹住自己那光溜溜的身体，一边怀念着身上的刺，一边慢慢地走进了泥塘。

他的刺被丢到江里，漂到了大海中。刺猬看着刺，心想：“会不会被鲸鱼捡到，把它们竖到背上呢？”

鲸鱼还会喊：“我有篱笆啦，你看！篱笆！”

刺猬的眼皮慢慢垂了下来，不再往前走。他已经走到了离家很远的森林边缘，来到了一个没有动物住的地方。

刺猬的身体瑟瑟发抖。他想：“我到底有什么问题呢？”然后刺猬大喊道：“帮帮我吧！帮帮我吧！你们知道我出了什么问题吗？”但是，没有谁能回答他。

很快，夏天到了，天气变得十分炎热。

刺猬没有空脱掉大衣，他走在荒地上，黑色的大衣在他身后的地上拖着。阳光像喷水的水管一样追着晒在他身上，时间正勒着他的脖子。

刺猬睡着了，又在半夜惊醒。

他喊道：“是谁？”他似乎听到了什么，但除了风拍打着门的声音，什么也没有。刺猬小心地摸了摸身后，啊！原来是刺！

不仅头发上长着刺，背上也长着刺。

刺、做客和我的问题，这些都不重要，一点都不重要，除此之外的东西才重要呢。刺猬又重新睡着了。

35

刺猬醒来时周围很黑，他听到地板发出“咯吱”的声音，很明显，这不是梦。刺猬不知道地板为什么“咯吱”响，但这证明了他不是在做梦。如果是梦的话，地板会这么响肯定是有原因的。他又竖着耳朵仔细听了一下，什么声音也没有。

应该是鼹鼠和蚯蚓吧，他们在地下生活，如果邀请他们，他们应该会愿意来吧。

好像听到了他们的声音，他们快到了。

他们一边敲着地板，一边喊道：“刺猬！刺猬！”

“哎——”

“我们来了。这里黑不黑啊？”

虽然是晚上，但也不是漆黑一片。

“有一点儿黑。”

“把窗帘拉上吧。”

刺猬拉上了窗帘。

“现在能看清你的手吗？”

刺猬把手放到眼前，睁大眼睛看了看，说道：“能看清一点点吧……”

鼹鼠和蚯蚓在地板下说：“一点点，还能看到一点点……那说明还是不够黑呀。”

他们先让刺猬在窗帘上挂毛毯，然后再用床单堵住缝隙，这样就够黑了。

这时，刺猬又听见了另一个声音：“我们在这里。”

他们好像已经进到屋子里了。

“你好，你就是刺猬呀，原来你住在这里呀！”

“你要喝茶吗？”

“嗯，好的，请给我黑色的茶。”

刺猬找来了家里最黑的茶叶，煮好以后倒满了两杯。

刺猬听到他们说：“味道真好啊！”

“虽然少了点儿，但味道真是不错。”

一会儿，刺猬感觉有人握着他的手。

“你们在做什么？”

“我们在跳舞呢。”其中一个答道，“我和你说，来这里可真有趣。”

又有一个声音从碗柜附近传出：“还有什么吃的东西吗？”

“你刚刚吃了什么？”刺猬问。

“两块蛋糕和一瓶蜂蜜。”

“那现在已经没有东西可以吃了。”

“什么都没有，那我们就在这里干待着吗？”

“嗯。”

听到对方发出了强忍住不笑的声音，刺猬伤心了，他们在嘲笑自己，一定觉得自己的招待很糟糕。

“刺猬，我们很高兴能得到你的邀请。”其中一个声音说道。

“但是招待有些不周到啊。”另一个声音说道。

“可以说是很差劲。”

“如果你到地下来找我们的话，说不定你会被埋在泥土里死掉。”

“对不起。”刺猬喃喃自语。

几小时后，周围安静了下来，刺猬想，他们可能已经离开了。他取下了窗户的毛毯和床单，还拉开了窗帘。天已经亮了。

家里的地板中央有一个洞，鼹鼠和蚯蚓应该是从那个洞离开了。他们可能还顺手带走了刺猬的拖鞋，因为家里到处都找不到。刺猬起身，看向屋外。外面下雨了。

36

雨没有停，反而下得更大了。刺猬想起了獾，不知道自己为什么会突然想起他。以后可能再也不会去想他，但为什么现在会想起他呢？

刺猬见到了獾，獾犹豫地站在门前。

刺猬开窗向他喊道："你好，獾！"

一会儿后，他们面对面，坐了下来。

刺猬给獾倒了一杯茶。

搅了搅茶杯后，獾开始说道："我不知道要聊些什么。"

"我也是。"刺猬说。

"主人要招待客人，怎么能不知道聊些什么呢？难道还要客人来想话题吗？"

"没有人来过我这儿。"

他们沉默了一阵。

“真可怕。”獾又用茶匙搅了搅茶杯，说，“我们什么话也说不出来。”

“嗯，是呀。”

獾清了清嗓子，说：“这样太恐怖了吧？我来这里，可不是想要这么干巴巴地坐着呀……”

刺猬什么话也说不出口。

獾本来在家里写好了聊天的草稿，但却忘带了。而且他也忘记自己曾经写了什么。

“草稿被我放在抽屉了，虽然也可以回家去取，但到时候再来就太晚了。”

“是呀。”

獾停下了搅拌茶杯的动作，看着刺猬说：“要不我明天再来？带着草稿一起？上面的话题够我们聊几个小时呢。”

刺猬什么话也没说，因为他不能确定，獾明天想不想再来。

“你没有准备类似的草稿吗？”獾问刺猬。

“没有。”

“那你怎么能知道要跟我聊些什么呢？”

獾把茶杯移到一边，坐得直直的，开始帮刺猬设想一些可以聊的话题：夏天、大海……

“大海……”刺猬低声说，“我从来没有见过大海。”

“我也没见过，”獾说，“所以我才建议聊这个话题啊。我放在家的那张草稿，好像也写了大海，如果没有的话，我回去就把它加上。”

獾把茶杯拉回来，重新搅拌了起来。

“真可惜呀，我忘了带草稿来……里面的内容真的很多，够我们聊几天呀！而且我们现在正在聊‘忘记带草稿’这个事情，那‘忘记’这个话题我们也可以记到那个草稿纸上……”

獾摇摇头，再也说不出话来。

他们又喝了一杯茶。天渐渐黑了下来，獾也要回家了。

“真可惜，刺猬。”

“嗯。”

37

此时此刻，刺猬想起了海狸。海狸来的话会发生什么呢……海狸会什么话也不说，就在我的家里横着砌一堵墙吧。

刺猬知道海狸喜欢在自己和别人之间砌墙。

刺猬刚合眼，就听到锯子和锤子的声音。

越过围墙，刺猬给海狸递了茶和蛋糕。海狸吃完时，刺猬问他：“有趣吗？”

海狸回答：“我在干活呢。”

刺猬的心里突然有些不高兴，但他并没有流露出来。他心想，只要海狸开心就好。

海狸一整天都在砌墙。

“我要把你的家分成两半。”刺猬听到海狸的声音，是海狸在他头顶不知道什么地方发出的。

刺猬看到横穿的墙壁把他的家隔成了两间屋子，床被放在其中一间屋子里。此时，海狸正在屋顶上忙碌。到了晚上，已经听不到海狸的声音了。

刺猬想："那么现在，我的孤独也能被分开，被一分为二吗？"

他不愿再继续想下去，这想法真荒唐！

窗户也被分成了两半。刺猬坐在左边的窗户前，看向外边的草丛。云被风吹着，飘得很快。

云朵突然变得巨大，遮住了整个天空。然后又不知不觉地散开，什么痕迹也没留下，就好像消失了一般。

"如果我突然就这么消失了……如果有人来找我……"

他也许会想："刺猬不在家吗？真的不在呀。去找找看吧。啊，这里有一封信。"对！是刺猬留下的信，上面写着：

我想邀请你来我家做客。

"不过，如果是我的话，既然要邀请客人，就一定会在家的呀！"

动物们可能还会陆续找过来。大家都会拿着那封信说："刺猬不在家吗？"

"不在，不是他邀请我们来做客的吗？"

"对啊！"

"一定会有几个人大声说找我已经找很久了。"刺猬心想。他决定了，只要有人来找他，他就要消失掉！这可是刺猬最擅长的事情了。

对了，还会有人大喊着说，在这个世界上，他根本就不存在。啊……不存在吗？嗯，他是虚构的动物呀，虚构的东西当然不存在呀！

刺猬现在已经完全听不到海狸忙碌的声音了。墙消失得无影无踪，一点痕迹都没有。

"我是存在的，"刺猬盖上毯子想，"那有什么东西是不存在的呢？'一会儿以后'。'一会儿以后'是不存在的东西，只有'现在'是存在的。"然后，他走向碗柜，碗柜上面的每个搁板上都积满了厚厚的灰尘。荨麻酱被闲置了好几年，他打算全部吃掉它，一滴不剩。

刺猬走向碗柜，拿出荨麻酱，吃得一干二净。

38

然后，刺猬出门了。

秋天，风吹过光秃秃的树枝，雨滴啪嗒啪嗒地落下来。

刺猬全身哆哆嗦嗦地发抖，但又不想马上回家。如果回了家，他又会重新拿起信，思考到底要不要把它寄出去。

刺猬现在不再想海狸，而是在想身上的刺：“如果我不长刺，也许一切都会不一样……”

刺猬紧紧地闭上眼，想象自己在森林中走路的样子。身上没有刺，脑门上竖着两个触角，鼻子长长地垂着，除了向两边伸展的翅膀外，还插上了能控制方向的尾翼。

这样的想象太吃力了，如果试着发出张开翅膀的“扑哧”声，心情会变好吗？

刺猬想象着某一天清晨，自己在天空中自由飞翔，欣赏美景的样子，他能听到自己“扑哧扑哧”拍打翅膀的声音，甚至还像画眉鸟一样唱起了歌。刺猬想："如果我的生日到了，能收到橡子树上那座能看到大海的房子作为礼物就好了。如果我不请其他动物，只请大食蚁兽，他问我想不想跳上一支舞的话，我应该会这样回答：'嗯，好呀……'"

刺猬又用力地紧闭了一次双眼。

刺猬仿佛看到了自己，身上没有刺，两个触角耸立着，长长的鼻子耷拉着，挥动翅膀，在大食蚁兽周围旋转着跳舞。大食蚁兽身上长着刺，看起来异常的耀眼美丽。

刺猬的脸色阴沉了下来，因为大食蚁兽突然停下舞步问："我想知道，现在我是在和谁跳舞呢？"

刺猬想："如果我说我是刺猬，大食蚁兽可能不会相信，会说我在骗他，还可能会怀疑地问我：'你的刺在哪里？'说不定，他还会认为我是个危险的家伙。

"我不是危险的家伙呀。

"大食蚁兽应该不会说出那样的话。说不定，他会认出我：'知道呀，你不就是刺猬嘛！我知道你是谁，你就是所有动物里最美丽、最特别的那个嘛！'然后他拉着我继续跳舞。"

刺猬又走到了外面。在强劲的大风下，雨水拍打着门窗。他想："不能再往下想了，就到大食蚁兽提出邀请，然后我们一起跳舞为止。"刺猬想要停止自己的想象，以免自己想得太多。

但他知道，自己肯定还会继续想下去，还会再想自己是刺猬，身上长着刺，没有一个人来找自己，甚至大食蚁兽也不愿意和他跳舞。他还会想着，冬天已经来了，但是他好像永远都停留在了秋天。

39

刺猬的身体在发抖，他的刺歪歪扭扭乱成一团。他想起了夜莺，说不定夜莺会来呢。

那是一个春天，几乎没有灯光的深夜。

夜莺飞进开着的窗口，停在桌子旁。

“你好呀，我是夜莺。”

“你好呀，我是刺猬。”

一起喝了茶之后，刺猬突然问夜莺，想不想唱一曲。

“好呀。”

夜莺放开了嗓子，开始唱起一首有些悲伤的歌。

没多久，刺猬就哭了，眼泪滑落脸颊。

刺猬想：“真奇怪，我为什么会难过呢？我没有难过的理由呀……”但是他的眼泪却止不住地流。

等到夜莺唱完歌时，刺猬已经偷偷钻进桌底擦去了眼泪，重新回到了位置上。他不愿意让夜莺看到自己流泪。

又喝了一杯茶后，夜莺离开了，消失在了黑暗中。

之后，刺猬独自一动不动地在黑暗中坐了很久。夜莺的歌喉真是优美……

现在，夜莺已经飞走了，刺猬想再一次让眼泪顺着脸颊流下来。但是，他却哭不出来了。

他站起来，在纸上写下这句话，贴在镜子旁边：

我什么都不知道，不过，“什么”到底是什么意思呢？

刺猬既不清楚自己为什么要这么写，也不知道为什么要把它贴在镜子旁边，他所知道的只有“自己什么都不知道”这件事而已。

刺猬的脑海里变得一团乱麻。哦，是因为夜莺。

刺猬用尽自己全身的力气去想“自己到底知道些什么”。他回到床上，刚盖上毯子，又听到了夜莺的歌声。他的眼泪又流了出来，这回他明白了，这是幸福的眼泪，是幸福的眼泪啊！

40

刺猬睡不着觉，在他的想象中，夜莺唱完歌后，该到水母登场了。真奇怪，他竟然从来没有想起过水母！

水母乘着海浪，一起一落地游来，缓慢地出现在刺猬眼前。太阳照着大海，远处的飞鱼跃出海面。

水母接受了刺猬的邀请，兴致勃勃地想要出发，但他要怎么才能去呢？

水母环视了周围，心想："首先得游到海边才行。"

这样的话，他得有鱼鳍和尾巴，但要怎么做，才能长出鱼鳍和尾巴呢？就算长出了鱼鳍和尾巴，上岸之后，他又要怎么走进草丛呢？

水母继续仔细地思考着："那还要有翅膀才行呀，但是怎么样才能有翅膀？然后要怎么才能知道该飞到森林中哪儿去呢？"

“怎么办，怎么办，怎么办……”水母一直在想“怎么办”的问题。早上醒来时，他会在海浪中想：“我是怎么醒过来的呢？”晚上想睡觉时，他会想自己是怎么睡着的呢？怎么会梦到自己变成了信天翁和鲸鱼呢？白天乘着海浪时，他只想着一件事：“怎么做才能幸福呢？”因为他感觉不到幸福。

海面起风了，水母在水里随着波浪起起伏伏，他想：“如果我长出了会飞的翅膀，而且能飞到刺猬家，那我又应该在哪里着陆呢？”

现在，水母开始想象自己有四条腿的样子，但怎么样才能长出腿呢？

水母也很想带件外套去，带他最喜欢的那件深蓝色外套，因为它和夏天的海水是同一个颜色。他也喜欢蓝色的帽子和鞋子，因为他的脚从来没有走过路，如果不穿鞋，可能会不小心踩到尖利的物体。

终于，水母决定带着鱼鳍、尾巴、翅膀、穿着四只鞋的四条腿、深蓝色的外套和帽子去刺猬家。他没有去想怎么才能把这些东西带上，而是在想：“到了刺猬家我要怎么做呢？万一刺猬没有认出我，我该说什么呢？‘我是水母呀，我来啦……’这样吗？刺猬也许会问：‘啊，原来你是水母呀，你是怎么来到这儿的呀？’我要坐在哪里呢？刺猬应该会问我想不想喝点茶，也会问我要怎么喝，但我是水母，怎么会想喝茶呢？”

水母摇着脑袋想：“啊！不，我不应该去，但是，我要怎么向刺猬开口呢？”

水母潜回了水里，又游了上来。

41

“我们去刺猬家能干什么呢？”蜗牛慢吞吞地爬着，问身边的乌龟。

“不知道。”

“不知道，不知道……你什么都不知道，不是吗？”蜗牛停了下来，“我们现在要去刺猬家，连去那里做什么都不知道，你怎么能这样呢！你真的知道你自己是谁吗？”

“不知道。”

“大老粗！如果你身上带着条纹，那你就是带着条纹的大老粗！”

“我身上没有条纹。”

“对，你一无所有。”

乌龟看着地面，说道：“也许在刺猬家我们可以跳支舞。”

“跳舞？”蜗牛叫了起来，他的触角变得像火一样红，“和谁？鲸鱼吗……”

“这个嘛……”乌龟小声地回答，“我们两个一起。”

他们沉默了一会儿，蜗牛认真地想了想，嘟囔道：“你还真是想到什么就说什么……”

但是不久之后，他们两个就开始跳起舞来，缓慢而小心翼翼。因为如果他们没有好好准备，就没办法去刺猬家了。

他们不大会跳舞，总是不小心碰到对方，绊倒，好几次还疼得“哎呀”直叫。最后他们都再也跳不下去了，无奈地停下来，站在原地。

“看来不行啊。”乌龟说道。

“我就说嘛！”蜗牛委屈得想哭，但最终还是忍住了。

乌龟安慰道：“如果刺猬提议我们一起跳舞，我们还是老老实实地待着不动更好。”

蜗牛没好气地说：“一动不动那还叫跳舞吗？！那是‘静止’！”

他们又继续站了一会儿，然后放开对方。乌龟开始继续走，但蜗牛还留在原地。

“假装我们已经到了刺猬家，”蜗牛走向另一边，指着一根长着刺的尖草说，“假装那是刺猬吧。我要对他说：‘你好呀！刺猬，我们来啦。他是乌龟，你知道我是谁吗？我是蜗牛呀。我们是来这里跳舞的，跳一曲很慢的慢舞。’”

“那我们还是走吧。”乌龟提议。

“你真是无聊！”蜗牛喊道，“我们就快到了呀！”

42

刺猬躺在床上，闭上了眼睛。然后，他看到了那些想邀请的动物们。

傍晚，动物们从森林中出来，但他们保持着距离，就那样站着，没有靠近。

“刺猬！”他们喊道，“我们收到了你的邀请，但是我们很害怕！”

刺猬站在门前。家里已经装饰好了彩条和纸灯，桌上还放着一个蛋糕。刺猬在等着他们。

“请你们不要害怕。”刺猬大声喊道，“大家一点儿也不需要害怕。”

“可是我们害怕，你身上的刺太可怕了……”动物们还是不敢靠近。

于是，刺猬将屋子里的纸灯一个一个地挂在刺上，重新回到门口。数百个纸灯摇摇晃晃，将附近的树木和草丛都照亮了。

“现在还怕吗？”刺猬喊道。

动物们走近了一步。

但是，离得最近的动物被灯火点着了，还没扑灭就飞走了。一时间，全部动物都着火了，刺猬发出惨叫，大火熊熊燃烧，火苗像蛇一样烧进了家里。

晚上，下雨了。雨水落在屋顶上的声音把刺猬惊醒了。

“原来是梦啊！”他坐在床尾想，“为什么我睡觉就一定会做梦呢？看来我也很害怕自己呀，因为身上的刺……因为身上的刺真可怕，真吓人！”

刺猬钻回毯子里，他还在犹豫要不要把信寄出去。

“我很怪异，还很吓人；我很孤独，也没有自信。我只有尖尖的刺。我希望有人来找我，却没有人愿意来找我……我到底是什么样的动物呀?！”

刺猬慢慢睡着了。

43

第二天早上醒来的时候，刺猬想，金龟子一定会来的。

他看到金龟子飞过来了。

“刺猬，这里真好呀！”金龟子在远处喊道。

“金龟子，你好呀。”刺猬跟刚来的金龟子打招呼。

他们走进屋子。金龟子环顾四周，身上熠熠发光。

“刺猬，这里好舒服呀！”

“真的吗？”

“虽然我觉得所有地方都很舒服，但你这里是最舒服的。”

金龟子坐下来之后继续说道：“在我的印象中，没有哪一个地方像这里一样舒服。”

刺猬煮好了茶。

煮茶的时候金龟子就站在刺猬身后，讲他之前去过的其他动物的家。

金龟子说，虽然有一点点区别，但他觉得每个动物的家都挺舒服的。然后他告诉刺猬，谁家的房子在哪一方面更加舒服。

“不过，不管怎么说，你这里比别人的房子更舒服。”最后金龟子下了结论，“这点我可以肯定，你要相信我啊。”

“好的。”刺猬点点头，把窗边的茶杯拿下来倒上茶。

他们俩喝着茶，金龟子继续跟刺猬聊天，说着刚到的时候觉得这里有多么舒服，以后怎样才能更加舒服。

“简直令人不敢相信呀。”金龟子这样说着，突然间站起来推翻了桌子。于是茶杯从桌子上掉下来摔得粉碎，热热的茶水溅到了刺猬身上。

“我从没想过这里居然会这么舒服！”金龟子高兴极了，一边说着一边重重地拍了一下刺猬的肩膀，突然又“啊呀”一声坐下了。他的手心里扎着一根刺，可就算承受着严重的痛苦，他的心里也是快乐的。

刺猬从来没有见过这样快乐的痛苦。

金龟子说一切东西，哪怕是悲伤、绝望都可以是快乐的。

“你不知道吗？哪怕在绝望中，也能感受到巨大的快乐！”金龟子挥舞着流血的手说道。

刺猬点点头。他很好奇是不是孤独也可以是快乐的，可是他说不出口。

金龟子若有所思地看着刺猬放在他面前的新茶，靠近刺猬，说道："刺猬，老实说，你是世界上所有动物里面最快乐的。"

"我吗？"刺猬双眼瞪得像铜铃那么大，盯着金龟子反问道。

"当然，就是你！我们来跳舞吧。"

金龟子突然站起来，他想去拉刺猬，刺猬却躲进了桌子下面。

金龟子很失望："我以前从来没有体验过这种又快乐又失望的心情。"

刺猬在桌子下面屏住呼吸。金龟子一边走出屋子，一边高声说道："对于有些动物来说，这是一个很幸福的秋天，现在下起了雨，他们应该会更加幸福呢！"

44

刺猬在屋子里来回走着，一直在想他认识的，以及会来找他的动物。还有他不认识的动物，和很久以前就灭绝了的动物。

他想起了走得最慢的动物。

刺猬就这样在屋子里走来走去，走了好几个小时。

他想象着自己认识的动物身上都长刺的样子。

所有的动物都来到刺猬家里了。大象因为身上有刺而无法爬树，因为每根刺都扎在了树上。熊的刺上流淌着刚吃完的蜂蜜蛋糕上的蜜。蝴蝶的翅膀上也长满小刺。鲤鱼和鲇鱼把长满刺的头伸出水面，互相看着对方，吓了一大跳。长满刺的蚂蚁知道一切。鼹鼠在自己的刺上扎上了蚯蚓。猫头鹰身上的刺互相写着信。蜗牛背上的房子也长满了刺。

他们全都长了刺，全都来到了刺猬家门口。

“刺猬！刺猬！”他们喊道。好多动物，好像有数千只。长着刺的大雁在天上飞，长着刺的老鼠在地上跑，长着刺的鸟儿不停地拍打着窗户。

像平时一样，刺猬正在想象自己没有了刺的话会怎样。

“刺猬！刺猬！”他们又喊了起来。

刺猬打开门站在门口。他的身体迎着冉冉升起的太阳，散发着光芒，闪闪发亮。

刺猬是这个世界上唯一没有刺的动物。

他们睁大眼睛注视着刺猬。

“怎么会这样……”他们震惊得说不出话了。

有几个动物因害怕而逃走，有的双膝跪地，有的用手捂着脸小声地说：“刺猬呀刺猬，你到底做了什么……”

没有动物肯靠近刺猬。

“你们是要来我家里吗？”

“现在不是了。”他们喊道。

“家里有茶，还有很多蛋糕。”有几个动物在犹豫，长着褐色刺的熊像是想要向刺猬走近一步。

最终还是没有动物走上来。他们都说不知道该和刺猬一起干什么，还说他们浑身长着怪异的刺，好像变得又小又弱。接下来所有的动物都回到了森林或者江河里，或者爬进了地下。

刺猬又回到了家里面。

他小心地摸着自己的背，那里又长出了刺。刺猬大声喊着离开的动物们：“我也跟你们一样啦！我也有刺啦！”可是动物们好像并没有听到他的喊声。

刺猬坐在桌子上轻声地说：“大家都不用再害怕我了。”他希望所有的动物都能相信自己说的话。

刺猬枕着胳膊睡着了。

45

没过多久刺猬就惊醒了。他想："我睡了多久呢？感觉有好几天了吧，说不定睡了整个冬天了。我好像总是在睡觉……"

可是看着窗外树上掉下的落叶，现在还是秋天呢……

刺猬站在窗边，想起了蜗牛和乌龟。如果我寄了信给他们，那他们现在应该还在来我家的路上吧。

刺猬闭上眼，好像听到了蜗牛在念念有词："刺猬为什么会邀请我们呀？"

乌龟没有回答。

"为什么不自己邀请自己呢？那样的话他就可以自己拜访自己啦。"

"那要怎么做啊？"

"什么怎么做啊？"

“怎么可以自己拜访自己呢？”

“我怎么知道啊？你又来这一套了。这也问怎么做，那也问怎么做……我们现在又不去刺猬家，不是吗？”

“正在去他家的路上呀。”

“什么？你说我们要去刺猬家？”

“是的，我们现在正在去刺猬家的路上，你也正走着哪。”

“那再好不过啦！”

“是的没错。”

“是的没错，是的没错……你每天都说这句话……为什么不能安静点呢？”蜗牛仔细想了一会儿，又问道，“不过你为什么没有房子呀？”

“我有壳。”

“壳！那倒是！你有壳！告诉你件事吧。”

“什么事？”

“每个动物都有壳。”

“不是的。”

“啊，不是吗？那谁没有啊？”

乌龟仔细想了一会儿，轻声地说：“大象。”

“大象！”蜗牛嚷着，“大象背上的皮虽然很硬，可是他没有房子啊！”

“是的，他没有房子。”乌龟应了一句，就想继续往前走。

“现在你知道了吧。”蜗牛就像一位打了胜仗的将军，看了看四周，高喊，“他没有房子。我的话没错吧。”

他往前滑了一小步，又停住了脚步。

窗边的刺猬停止想象，睁开了眼睛，想道：“是该给他们寄封信过去了。”

蜗牛、乌龟：

就算收到邀请函也不用到我家来啦。

我不会因为你们不来而讨厌你们的。

我打算去看你们。虽然不会马上去，不过随时都有可能哦。

刺猬

刺猬挠了挠后脑勺，他好像听到蜗牛在念念有词：“不用去了，不用去了……又说我们不用过去了……”蜗牛好像真的很生气。他似乎想要撇下乌龟，自己跑起来，比所有动物都更早到达。那个样子似乎马上就要往前飞奔。

最终刺猬还是决定不寄出这封信了，他闭上了眼睛。眼前似乎又出现了他们的身影。他们慢吞吞地走走停停，偶尔发发牢骚，互不相让。

46

此刻，刺猬想到了跑得比任何动物都快的野牛。他应该会来这里吧。

野牛正站在远方的草原上。前方飞来一封信，落在他的脚边。

信！野牛从来没有收到过信。原来是刺猬的邀请函……居然是刺猬！

野牛很激动。他嚼完嘴里的草，马上就开始在草原上奔跑。

要去刺猬家啦！刺猬到底长什么样子啊？野牛对刺猬一点都不了解，说不定刺猬会喜欢奔跑，而且还喜欢在草原上吃草。不过，也有可能刺猬从来都没来过草原。

野牛以最快的速度跑了起来，说不定他还可以带着刺猬回草原来呢。他们可以一起在草原上奔跑，一起吃草。毕竟他们都是那么的孤独……

他们可以在蓝蓝的天空下、在青青的草原上闻着草香，一起跳舞。站在蓝色山脉的顶峰上，头顶上，太阳冉冉升起，这样的他们会很幸福吧。

野牛一直跑了好几天。他想，说不定刺猬是在草原上出生的，只是他忘记了这件事而已。他知道自己是从某一个地方来的，但又忘记了具体是哪里。也可能是某一天从天上掉下来的。在掉下来之前，他会在星星身边划过，在天空中划下一条长长的线……因此他应该对夜空感到格外亲切吧。

野牛走出沼泽，在草丛与小树之间跑过。渡过江河，撞到了森林中的第一棵树上。快到刺猬家了！他们会成为好朋友的，说不定刺猬奔跑起来比他还快呢。当他们中的一个跑得气喘吁吁时，会停下来等另一个追上来，然后互相劝对方吃世界上最美味的草。

野牛没有停下，而是更快地跑起来。“刺猬！刺猬！”他经过了森林中的空地，那里有间屋子，那间屋子就是刺猬的家。

然而他并没有慢下来，反而跑过去用力顶开了屋门，横穿过大半个屋子，才终于在屋子后方停了下来。

“刺猬！我来啦！是我，野牛！跟我一起去草原好吗？”野牛喊着喊着，看到了墙上的窟窿。刺猬紧紧抓着野牛的后背，吃力地吊在野牛身上，身体乱晃。

47

这时刺猬又想起了书记鸟。书记鸟也生活在草原上。如果接到刺猬的邀请，他会写回信，但可能不会亲自来吧。他绝对不会来的。刺猬清了一下嗓子。书记鸟可从来不会“亲自”做什么事情，这是蚂蚁之前告诉刺猬的。刺猬闭上了眼睛。

一封信从打开的窗户飞进来，在屋子里转了一圈之后，轻轻地降落在桌子上。

刺猬在光线充足的地方打开这封信，读了起来。

这是一封扣人心弦的信，信中的文字温柔而优美。这些文字就像是有生命的物体一样，在向刺猬诉说它们最近过得怎么样，又有多喜欢被刺猬阅读。这些文字高高兴兴地来到刺猬这里，渴望着刺猬的欢迎。

刺猬一字一句、仔仔细细、小心翼翼地读着这些文字，有些话甚至反复读了三四遍。

读完信后，刺猬想，是不是该招待一下这些文字呢？怎样招待才好呢？它们喜欢什么呢？应该不喜欢茶跟蛋糕吧？

刺猬挠了挠了后脑勺上的刺，突然想起来，它们想要的应该是关心吧，这些文字喜欢关心呀。

刺猬尽自己的全力，对这些文字表达了关心。并且又读了一次信，这些文字变得更加优美和有趣了。

它们甚至把坐在椅子上的刺猬给抬了起来，在屋子里转起了圈，跳起了舞。然后它们又挂在刺猬的脖子上，拨开刺给刺猬挠痒痒，还忍着疼痛，在刺上轻轻地印上一个个吻。

它们是被精心挑选的文字，每一个都那么特别。

这是目前为止最精彩的一次拜访。

“记得回信哟……”这些文字轻声地耳语，“一定哟……”

文字们在一瞬间消失，书桌上只剩下一张白纸。

刺猬睁开眼睛。他该写信了。

他展开信纸开始写信。

亲爱的书记鸟：

我寄出这封信，是希望你能给我回一封信。我想，优美的语言有一两句就足够了。我还希望你能用上那种不常见的词语，就是我看不明白，要读好多遍才能懂的那种。

不过我想你应该不会那样写。因为，如果不那样的话……

刺猬不知道还要写什么，就放下了笔。

他又一次睁开眼睛。

风从打开的窗户吹进来，送上了一封信。

是书记鸟寄来的！

他迅速拆开信读起来。

亲爱的刺猬：

如果不那样的话……然后呢？

下面就没有了。

刺猬把桌子上的信拿起来贴在脑门儿上，陷入了思考。这应该不是真的吧。毕竟连蚂蚁都不知道这是怎么回事儿。

48

刺猬摇了摇头，调整了一下坐姿，决定只想那些接到邀请就会来的动物。

他想起了生活在世界的另一端，从来没有去过森林的太阳猫。

“你就是刺猬吗？”

“嗯。”

“我接到了你的邀请就来了。我从来没有去过别人的家，我应该做些什么呢？”

“进来吧。”

“这样就可以啦？”

刺猬点点头。太阳猫进了他的屋子。

“请坐”刺猬说。

“一定要这样做吗？”太阳猫不安地东张西望。

刺猬点了点头，用手指了指一把椅子。

“一定要坐这里吗？”太阳猫问道。

“坐地板上也行的。”

于是太阳猫就坐到了地板上。

“那接下来呢？”

“要喝茶吗？”

“必须要喝吗？”

“不是的，不喝也没关系。”

“那要做什么呀？”

“我想想，好像没有非做不可的事情。”

“那大家为什么要像这样互相拜访呢？”

这真是个难题。

“我不知道。”刺猬老老实实地回答。

“有什么用处吗？”

刺猬仔细想了半天，回答道：“要说有什么用处的话，那就是待了一阵子后会开心起来吧。”

“那就是说，现在还是不开心的，对吗？”

刺猬无言以对。

“你不知道吗？”

刺猬还是回答不了。好一会儿，他们就这样沉默着相对而坐。

太阳猫一直在等着最后那个问题的答案，可是没有等到。于是他问道："串门儿快要结束了吗？"

"嗯。"

"现在？"

太阳猫站起来往外走去。走了几步之后，他转回头说道："以后就不用联系了。不管是写信，还是用其他方式，都不会找到我的。"

"知道啦。再见，太阳猫。"

但是太阳猫的身影已经消失在了草丛中，他没有听到刺猬的告别。

49

有一天早上，毫无预兆地，长尾雉大步流星地走了进来。然后，他斜站在窗台上，好让阳光洒在他直直立起的羽毛上。他的眼神冷冷的。刺猬想："他可能会说，来这里是为了仔细地观察我。"

刺猬还在想："如果早知道长尾雉会来，我一定会仔仔细细地打扫屋子，还要把身体和每一根刺都洗得干干净净。

"那样的话所有东西都会闪闪发光。偶然经过我家门前的动物一定会被窗户反射的光照得睁不开眼，从而停下脚步。

"要是能以那样的方式来迎接长尾雉，该多好。"

不过现在说什么都没用了。

长尾雉可能会一脸同情，一边摇头一边说："可怜的刺猬哟。"

是的，他一定会这样说的。他还会轻盈地跳到椅子上，伸长脖子看着碗柜。

“你看这里……”他把刺猬叫过来，让他看看碗柜上的灰尘。

“刺猬，这就是你的缺点。”他这么说着，跳到地板上，然后什么话也不说，抬着下巴威严地走了出去。

“我再怎么央求他也不会回头。”刺猬想，“对他来说，我是不存在的。”

刺猬皱起眉头，刺都竖起来了。

假设长尾雉再来，发现一粒灰尘就打算抬着下巴威严地走掉，如果刺猬拥有足够的勇气的话，他就可以在长尾雉背后叫住他：“长尾雉！”这样长尾雉就会停下脚步，用疲惫的眼神回头望着他，下巴抬得高高的，眉毛也抬得高高的。

“你才是失败的那个呀！”刺猬这样喊道。

刺猬喊出了自己所能发出的最大的声音。

“但是应该还是没什么用，”刺猬想，“不过就算只能够这样做，我也已经很满意了。”

“满意……我会对什么事情感到满意吗？”

此刻刺猬完全把长尾雉抛到脑后了。他看了看四周，这间积满灰尘的屋子。如果把信寄出去，动物们就会来到这里。在这里，他没有发现任何一件能让自己满意的东西。

突然间，刺猬有了答案：“我对自己的刺很满意哎！当然啦！”

刺猬为自己身上的刺而骄傲，他的心里满满地装着这种自豪的感觉。

“现在就邀请他们吧。”刺猬想。

50

刺猬在家里到处走着。突然传来了吵吵闹闹的声音，这个声音比海浪拍打海岸的声音大一点，又比动物愤怒暴跳的声音小一点。

“是鲸鱼呀。”刺猬想。鲸鱼任何地方都能去。

他看到了在橡树顶上的高空中飞行的鲸鱼。

他边往下看边高喊：“刺猬是住在这里吗？”

动物们高抬着头大声回答说：“鲸鱼，你好呀。你也接到邀请了吗？他就住在那边。”动物们指着刺猬家的方向。

“大家都去过刺猬家了吗？”

“没有，我们还在路上呀。”

鲸鱼小心翼翼地降低身体，停在刺猬家门前的上空。

“我可以坐在这里吗？”鲸鱼大声问道。

刺猬听到鲸鱼的话后走出来看了看，然后回答他：“我也不太确定。”

“那么我可以一直飘浮在这里吧？”

“看来也只能这样了。”

刺猬走进家里，不一会儿，他拿着茶杯、鲜奶油蛋糕和咸水走了出来。鲸鱼花了很长时间才来到这里，又饿又渴。

他不时叹气，说道：“在天上浮着比游泳更累啊。”

刺猬说：“要不要靠着休息一下？”

“如果可以的话，就再好不过了……”

刺猬把桌子拖到外面，鲸鱼落到桌子上说：“现在稍微舒服一点儿了。”

刺猬认为自己帮助到了鲸鱼，觉得很开心。

鲸鱼望向窗户里面，对刺猬说：“你要来海边生活吗？”

“我没想过。”刺猬从来没有想过要去海边生活。

“如果大家都能住在海里就好了。”鲸鱼叹了一口气说，“长颈鹿、蟋蟀、蚂蚁……大家真的会过得很开心的。我们可以相互拜访，举办派对，还可以在我喷出的水柱周围举办假面舞会……”

“对了，差点儿忘了，我给你带了东西。”鲸鱼翘起尾巴说。

“你给我带了东西？”刺猬有些紧张。

“嗯。”

鲸鱼送的礼物是一个小喷泉。

鲸鱼把喷泉固定在刺猬背上最前面的刺之间，然后打开了水的开关。水冒出来后，沿着刺猬的背流下去。

真是一番壮观的景象，可是刺猬却不知道自己是不是开心。

“那怎么关上它呢？”刺猬问道。

“它会自动关上的。”

刺猬家附近的森林渐渐被水淹没了。鲸鱼倚靠的桌子也浮了起来，不一会儿，鲸鱼游进了刺猬家里面。

“我要的就是这个呀。”鲸鱼突然笑着说，“大家都应该在大海里生活。”

“发生了什么呀？”四处传来呼喊的声音。

有些动物意识到发生了什么。

“刺猬身上有个喷泉。”

“怎么搞的，关不了吗？”

“看来是这样，这可怎么办呀？”

在这期间，鲸鱼游出了刺猬家，然后向着海边游走了。“真是太好玩了！”鲸鱼大声地说，“这是一次奇怪的拜访，是吧？”

“是的。”刺猬回答。

“你要不要也来海里？我们再享受一次奇怪的拜访吧！”

刺猬勉强把头伸出水面，却无法回答。

51

刺猬坐在窗前，望着大树间升起的茫茫烟雾。“大家应该都会期待着一些特别的东西，比如装满数百个蛋糕、数百杯茶的桌子，或者唱着欢迎歌曲的帅气的合唱团。”刺猬在想，“如果动物们进屋来看一看，应该会感到很失望。‘我们能在这里做些什么呢？就这些东西也能算是招待客人吗？怎么可以这样啊？！’于是动物们可能会把我推倒，把我烤的芥末蛋糕扔到窗外，大家都会很生气很生气，一直在发火。”

刺猬继续想象着：“那么我也会生气的，我的心一定会怦怦地跳，也许愤怒会从心灵的深处涌出来，我会大声叫喊：‘那你们又何必来我家呢？’而在这时，我的刺肯定会直直地耸立起来。”

“我也拿自己的刺没办法。”刺猬想着，“那时我的眼里应该会有眼泪，那是愤怒的泪水。如果我抓住大象的鼻子，把他扔到窗外很远的地方，那他就会撞到橡树，发出‘啊’的声音。然后我就会不好意思地说：‘对不起，大象，但是我真的很生气……’

“然后我会抓住长颈鹿的角、熊的耳朵、鲇鱼和鲤鱼的尾巴、蟋蟀的触角以及青蛙的嘴，把他们扔到很远的地方。大家都会被挂在树上，或者顺着江水流向大海。如果他们后悔了，问我：‘刺猬呀，刺猬，你为什么要这样……’那我会回答：‘别问那么多。’

“但是我很快就会坐到门前的草地上哭泣，后悔不已。‘我已经尽力了……’我真的一点儿都不想生气，可就是控制不住自己。”

蚂蚁曾经说过：“愤怒是邪恶的，没有必要生气。”所以蚂蚁从来不生气，还劝告大家一定不要生气。即使遇到令他生气的情况，他也会嘟囔几句后就走开。这个时候，就算刺猬大声问他发生了什么事，蚂蚁也不会回答。

“他们会原谅我吗？”刺猬思考了一下，“应该不会的，就算我招待他们很多次，就算我重新装扮家里，并且为他们准备数百个蛋糕和两个合唱团，他们也不会再来。”

刺猬长长地叹了一口气。

“不可能的，无论我做什么他们都不会再原谅我。动物们会对我感到失望，会把桌子、椅子、床和我都扔到窗外。这样做了以后，他们应该不会再生气了，而我也会后悔，懊恼自己又回到了从前的样子，没有任何动物来家里做客。”

刺猬坐在床边的椅子上陷入了沉思。他还是不知道自己该不该把信寄出去。他唯一敢肯定的是，就算自己知道该怎么做，不久以后还会回到犹豫不决的状态。

雾更浓了。

刺猬稍微开了点儿窗户。

四周静悄悄的，什么声音都听不见。

森林里已经是秋天了。不对，已经快到冬天了。

52

刺猬清了清嗓子，关上了窗户。他又开始想那些可能会来找他的动物们。

他想起了老鼠，老鼠会怎么看待他的邀请呢？说不定他会拿过去几年所有做客的经历跟这次的做比较呢。

刺猬的脑海中浮现出老鼠的身影，他穿着黑色外套，打着小小的红色蝴蝶领结，他已经接受了刺猬的邀请。

“你好啊，刺猬。”老鼠远远地叫喊道，“都准备好了吗？”

“你好，老鼠。”刺猬看着站在他面前的老鼠，说，“准备……什么准备？”

“听我做介绍的准备。”

“你要介绍什么啊？”

“我会比较这次做客和以前做客的区别，你不是邀请我了吗？那我总得对我这次拜访做一下说明吧？我会尽量快点说完的，就简单地概括一下。”

刺猬没有回应他。

老鼠走进来，环顾四周。

“桌子，移一下。”他指着桌子说道。

刺猬把桌子挪到了旁边。

“还有椅子，往这边。”

于是刺猬把椅子推到了其他地方。

“过去坐下吧，过去坐下吧，心情轻松点。”

刺猬坐了下来，老鼠爬上了桌子，他身上的外套轻轻摆动着。

老鼠开始发言：“亲爱的嘉宾朋友们……”

刺猬看看周围，没有别的动物，他是老鼠唯一的听众。

老鼠要不要喝茶？刺猬虽然很好奇，但是他感觉还是不问比较好。

老鼠清了清嗓门儿，开始了自己的演讲。他讲到了做客的几个方面，包括做客最精彩的优点、没有办法克服的缺点、对于做客的严重误解、需要注意的地方和对于做客的深深期待，随后说明了令人感到新鲜的地方和令人震惊的地方。他还举了几个特别的例子，用来证明自己的观点。比如：生气地跑回家之后，丧失了所有勇气的客人们；行为举止特别无礼的客人；还有一些毫无理由地抽泣，或者放声大哭，撕破自己衣服的客人。

除此之外，还举了很多别的例子。

老鼠的演讲结束后，轮到听众提问环节。

刺猬问老鼠想不想喝茶。

“你问的这个问题真有意思呀！那么我可以很高兴地回答你，是的，我想喝茶。谢谢你！请问还有其他问题吗？没有的话，今天的演讲就到此结束啦。”

老鼠向四周鞠躬致敬，说道，这是他第一次受到如此瞩目，因而想要尽量细心、独到而又谦虚地做好此次演讲。之后他似乎稍稍犹豫了一下，补充说道，他其实并不习惯这样得意地显摆。

茶泡好了。

“您应该累了吧？”刺猬说道。

“啊……关于累的话题……咱们下次再聊吧，要说的实在有点儿多呀……” 老鼠哗哗地挥动小手，像是要赶走什么似的。

刺猬想把自己感到好奇的地方全部问完，但是老鼠指了指自己的喉咙，轻声说道：“要爱惜嗓子才行。”于是刺猬点了点头，不再说话。

几个小时之后，刺猬家里能吃的东西都被吃光了。沉默变得越来越令人难以忍受，于是老鼠跑回了家。

53

老鼠肯定不会再来了，刺猬心想，于是不再去想关于老鼠的事情。这时候，猫头鹰出现在他的脑海里。他给刺猬写了一封信：

亲爱的刺猬：

非常感谢你的邀请，

但是我可能去不了了。

太多难题阻碍我了，

也就是说，有很多事情让我去不了你家。

比如黑暗。我不想让任何人看到我。

茶。我不喜欢茶。

话题。我不想跟人聊任何话题。

见面时的问候和分别时的道别。我并不擅长问候和道别这种事情。

不过，对于“存在”这个问题，你是怎么想的呢？它是大还是小？

最近我一直在想这个问题。

可以告诉我你的想法吗？写信告诉我就好啦。

感谢你的邀请。

猫头鹰

刺猬读了信，思考着猫头鹰提出的问题。“存在”这种东西，到底是大是小呢？

“或许是小的吧。”刺猬想着，“或许小到看不到的程度。对！所以什么都没有看到。‘存在’‘人生’‘幸福’……这所有的一切都非常非常微小，小到根本看不到！”

这时候，刺猬想起了曾经跟蚂蚁聊过的关于“死亡”的话题。

“死亡”也很微小，也许是最小的呢，应该是所有“存在”的事物中最小、最微不足道的。

“如果视力像猫头鹰的那么好，并且非常努力的话，说不定可以看到‘人生’和‘幸福’呢。不过尽管如此，‘死亡’依旧看不见，所以我们觉得‘死亡’是不存在的。蚂蚁说得对，‘死亡’的存在只能靠我们的猜测。猜测……”刺猬想道，“必要的时候，仅仅是在必要的时候，‘死亡’才会存在。”

刺猬的身体瑟瑟发抖，而蚂蚁只是轻轻耸了耸肩。蚂蚁在谈到“死亡”的时候总是这样，只是轻轻地耸一下肩膀。他说：“不需要考虑‘死亡’的问题，因为无论哪儿都不需要‘死亡’。”蚂蚁清了清嗓子，走掉了。

“猫头鹰不会来这里的。”刺猬想。他决定，以后不再去想关于“存在”的问题，也不会再想“死亡”了，不过也不知道自己能不能做到这一点。

54

刺猬心想："如果我邀请了所有人，那大家应该早就结束拜访，各自回家了吧。不然就是会告诉我不来了或者来不了了，不过，蜗牛和乌龟应该还在来做客的路上。"

他们的身影再次出现在刺猬的眼前。

乌龟看了看后面，蜗牛还停在原来的地方。

乌龟叹了一口气，问道："你要不要坐到我的背上呀？"

"你的背上？"蜗牛瞪着圆圆的眼睛，大声叫道。

"这样就能快一点嘛。"

"然后呢？如果走到弯路上，你肯定无法及时放慢速度，然后就会失去重心，我会从你的背上飞出去，重重地撞到树上的，这样的话，我的房子也会碎掉。你肯定是因为自己走得太快了，所以感到对不起我吧，你绝对不是存心要走那么快的。但是事实上你就是故意的吧，乌龟啊，你总是故意这样！”

“不是这样的。”

“那又怎样，我背上的房子都碎了呢，而你肯定会立马说要帮我修好房子，对吧？因为你说话总是那么快。”

“你很讨厌这样吗？”

“太过分了！难道你希望我住在坏掉的房子里吗？我猜你会在我背上插一个牌子，在上面写‘快一点’，对吧？这样的话它就变成我家房子的名字了。而且你还会在旁边再插一个牌子，写上‘是蜗牛的错’，对不对？”

乌龟没有说话。

“我会按照我的速度走的。”蜗牛说。

“意思就是要停止不动咯。”

“对我来说，这样停止不动也是一种速度。”

他们就这样站了好半天。

“这样根本到不了那里的。”乌龟说。

“闭眼想象的话，我已经在那里了。”

乌龟认真思索了一会儿，问道：“那你看到刺猬了吗？”

“嗯。”

“他长得怎么样？”

“他有一双大大的、灰色的眼睛，鼻子很长。”

“那是大象啊。”

“大象，大象……应该就是大象吧……那你知道刺猬长啥样？”

乌龟认真想了想，回答说：“不，不知道，不管怎样，我们得快一点了。”

“又说要快一点！你行！真是越来越溜了啊！干脆说要像子弹一样好啦，可以把人射死的那种……或者你就说要飞起来怎么样？这样你肯定早就到了。”

“我这不是没有翅膀嘛。”

“也是，得有翅膀才行……不过你要是长上翅膀的话……应该很滑稽吧！”

“反正我是没有翅膀……要不我们就这样回去吧？”

“回去……你自己回去呗，你为什么在说话之前都不用脑子想想呢？”蜗牛干咳了两下，继续说道，“要是你好好想的话，就不会说任何话了。”

乌龟什么话也没说。他下定决心，以后不再问蜗牛。

远远的地方传来了喧哗吵闹的声音。“那可能就是刺猬家的方向吧。现在大家可能在切蛋糕呢，接下来就是尝味道了。”乌龟想，“现在应该是最有趣的时刻吧。”

乌龟深深地吸了口气，转身看向蜗牛。

55

"说不定乌龟会自己来呢。"刺猬想。

刺猬听到了敲门的声音。

"请问是谁啊？"

"是我，乌龟。"

"进来吧。"

"我们收到了邀请，蜗牛和我都收到了。"

"蜗牛没有跟你一起来吗？"

乌龟摇了摇头，回答道："没来，因为我走得比蜗牛快太多了。"

"你说什么？"

乌龟再次摇摇头，说："不管怎么说，那家伙是我朋友。"

"那蜗牛现在在哪儿？"

“可能在某个地方吧，他在等我。他让我一定要向你致以诚挚的问候，真的，蜗牛什么时候都那么贴心。”

刺猬煮了茶。

他们就这样坐着喝茶，很久都不说话。

乌龟用忧郁的表情看着茶杯里的茶，说道：“我太快了，非常非常快。蜗牛简直是难以置信的慢，而且越走越慢。”

乌龟又不说话了。不过一会儿之后，他又清了清嗓子，说在不久之前，蜗牛把自己比喻为闪电。

“你也是这么想的吗？我像闪电一样飞奔来这里……是的，那家伙说得没错。”乌龟干咳了一下，接着说道，“他说我就像刮风下雨的天气一样。暴风雨，蜗牛常常说我像暴风雨，背着壳的暴风雨。”乌龟凝视着刺猬，努力压抑着自己的情绪。

“本来想和蜗牛一起来的，他也很想过来开开心心地玩耍……在一起的时候，我们就像是世界上最好的天气。”乌龟深深地吸了一口气，“没错，我们是永远的朋友。”

刺猬看到乌龟的眼里噙着泪水。

“他们是真正的朋友。”刺猬心想。

“给蜗牛带点什么东西好不好？比如一些好吃的东西之类的。”刺猬问道。

但是乌龟摇摇头：“那家伙有他自己就够了，他总是那么说。”

“蜗牛就没什么想要的吗？”

“停下来，他想要的是这个。”乌龟说，“他想要所有的一切都停下来，包括我、整个世界乃至所有的一切。”

他们深深地叹了口气。

乌龟心想：“可怕的是，这种事情是绝对不可能实现的。”

而刺猬在想：“虽然很无奈，但这倒也不是没有可能。”

“我要回到蜗牛那里啦。”乌龟一边慢慢地转身离开，一边自言自语，“你正在等着我吧？我现在开始走回去啦，我不是你朋友吗？之前我实在是没法慢慢走，对不起……”

刺猬站在门廊上，静静地看着乌龟小心翼翼回去的身影。

他转身走进家里，感觉很孤单。

56

“不知道为什么，感觉应该写一封跟以前不太一样的信。”刺猬想。

亲爱的动物们：

也许你们总有一天会想来我家做客的。

因为想要来这里度过舒适和愉快的时间，

又或者是因为从来没有来过我家，

所以充满好奇。

可能你们会和所有人分享在我家做客感觉怎么样，

如果有这种打算的话，那还是不要来了。

因为我无法令人感到舒服，

我身上有刺，

也不知道在一起要聊些什么话题。

我既不会跳舞，也不会唱歌；

我煮的茶连我自己都觉得没有味道；

还有碗柜里的蛋糕，因为放的时间太长，都变黑了。

我觉得自己做什么都很差劲，

我哪里都很差劲，

所以不要来了。

刺猬

“但是，就算这样，他们会不会还是想要过来呢？”刺猬想道，“也许他们想要对我说，跟我在一起的时候非常舒服，我身上的刺很美？也许他们想要说，自己知道该聊什么话题？也许他们会张开双臂拥抱我，和我一起跳舞，就算倒在地上，被刺得流了很多血，他们也会说我的舞跳得很棒？也许他们还想要说，我的舞跳得很好，歌声很美妙，而且泡茶也很好喝？也许他们会说喜欢放了很久的蛋糕，而且我绝对不是‘做什么都很差劲’？他们是不是要说我是最宝贵的动物，就算现在我自己没有意识到这一点，将来也会知道的？”

刺猬仿佛看到动物们从各自的座位上站起来。他们抱住了刺猬，同时发出轻微的呻吟。他们说刺猬是自己最好的朋友，并且压根儿没提第二好的朋友是谁。

刺猬看着窗外，白雾已经消散了，雨还在下着。

刺猬心想：“说不定自己想要邀请别人来做客，是为了发现这样一个事实——自己并不希望任何人来家里。”

他把头伸出窗外。

雨滴落在他的脖子上，又顺着背上刺与刺之间的缝隙流下去。

刺猬就这样站了许久。

57

夜晚来临了，天气真冷。刺猬躺在床上，尽可能地把身体缩成小小的一团，但还是没有暖和起来。

刺猬听到外边传来吵闹的声音。看来是下雨了，又或者是暴风来了？

然而，那声音既不是下雨也不是暴风。

那声音越来越近，刺猬却听不出是什么发出来的。

这时，门一下子被推开了，似乎有什么东西，或者什么动物进到了家里。

屋子里太黑了，刺猬什么也看不清。

“请问你是谁？”刺猬开口问道，心里怕极了。

“我是怪物。”声音从天花板传来。这个怪物好像比刺猬认识的动物都要大呢。

“你来这儿有什么事吗？”

“来做客。”怪物说，“除了做客还有别的事吗？”

怪物慢慢地向刺猬靠近，他的身上散发着浓重的泥土味和很臭的杂草味。

“请坐。”刺猬说。他希望怪物坐在那个位置，不要再继续靠过来。

但是怪物把椅子扔到一边。

“你这是在干吗？”刺猬问道。

“做客，你就是刺猬吗？”

“是的。”

“那就没错了。”

怪物用脚踢椅子，把桌子弄碎，还打坏了挂在天花板上的灯。

也许他的脑袋就在那儿，或者那里有别的什么东西。

接着，怪物拿起碗柜往窗外扔去。

“求求你出去吧。”

“我为了看你才来的，才来了一会儿呢。”

“我并没有邀请你……”

“啊，没有邀请我？”怪物的声音充满威胁。

“你邀请了所有动物，为什么不邀请我呢？难道是讨厌怪物吗？还是你觉得我不存在呢？你心里面肯定希望我不存在吧？”

“我一个都没邀请呢。”

“啊，谁都没请？真的吗？你就不期待偶尔能有个动物来做客？”

刺猬想要尽可能地离怪物远一些，爬到床上去了。

“我期待啊。”刺猬回答道，“我希望有动物能来我家玩，一直以来都是这么想的。”

怪物隐藏了自己的身体，向刺猬问道：“给你说个小故事吧？”

“不了。”

“那就不说了。”怪物咆哮着，一边咬着牙一边粗鲁地抓住刺猬。

“要喝茶吗？”

那一瞬间，刺猬感觉到自己被举了起来。“轰”的一声巨响后，刺猬什么声音也听不到了。

58

刺猬醒来时，发现自己躺在床边的地板上。“我是谁……大家都是谁？我到底在想些什么……”

刺猬看了一圈屋子，一切都和平常一样。家具们都很听话哪，静静地一动不动。

刺猬用手肘支撑身体，直直地坐了起来。随后，他慢吞吞地往碗柜爬去，从抽屉里拿出信，撕碎扔掉。

现在可算明白了，谁都不来才好呢。

刺猬拿起扫把打扫地板，又往碗柜里看了看，确认过冬的食物已经备好，随后把床整理好，坐在桌子旁。

他枕着胳膊，在桌上趴着，想要闭着眼睛就这样趴一会儿。

现在，似乎没有什么能够打扰到他。

这时，他听到了很小心地敲门的声音。

刺猬睁眼起身，有人敲门？但是他还没有邀请客人哪！

“是我呀，我是松鼠，可以进来吗？”

“为什么？”

“我也不知道，就这样过来了，感觉来你家玩耍应该会很开心。”

刺猬平稳了自己的呼吸，看了看左右，随后起身开了门。

松鼠进了屋。

“你好，刺猬。”

“你好，松鼠。”

“我进来待一会儿。”

他们什么话都没说，只是面对面地坐在桌子旁。

松鼠带来一罐山毛榉蜂蜜，他猜刺猬一定会喜欢。

“这样啊。”刺猬把碗柜里的大蓟蜂蜜拿了出来。这是为了特别的日子而存放的蜂蜜。刺猬觉得，特别的日子就是现在。

他们喝着茶，吃着蜂蜜，时不时向对方点点头。

他们都希望时间停留在这个下午。或是让天牛把这天下午的一秒变成一小时，一天变成一年，让时间过得慢一点。还有，茶和蜂蜜也不要变少。

他们看着窗外的天气变得阴沉，看到雪开始下了起来。他们多希望雪下得再久一些，希望大雪让门开不了，这样松鼠就能在这里待上一整个冬天。

出现这种情况好像也不太坏。再仔仔细细地想想，好像一切

都不算太坏。

就这样，在冬天降临的某一天，刺猬意料之外的客人来到了家里。

59

刺猬睡着了。

在角落里的床上，刺猬正裹着毛毯躺着，没有做梦。屋外漆黑一片。

暴风来了，雪正下着，冰块硬得不能再硬了。带着寒气的暴风似乎要刮到屋子里来，仿佛要把刺猬的屋子连同刺猬都冻住，再用雪厚厚地覆盖。甚至这所有的一切都会被卷向正冲往森林的那团乌云，甚至要飞到这个世界的外面去。

但是，这种事并没有发生。

深夜，刺猬从睡梦中醒来。暴风刮得非常猛烈。刺猬屋子的某一个地方发出了很大的声音，就像屋子倒掉的嘎吱嘎吱声。但是刺猬并不害怕，如果暴风真的闯进屋里，他就把身上的刺都竖起来，这样就能把暴风赶跑了吧。尽管刺猬还不知道“精神支柱”的意思，但他的刺其实已经成了他精神上的支柱。

刺猬往毛毯的更深处爬去，他想到了他所认识的动物们，那些住在森林深处、荒野、海中央、江边、地底下还有天上的动物。

他们都给刺猬写了信，感谢刺猬没有邀请他们做客。他们都是刺猬的朋友，永远都是好朋友，不需要互相邀请做客，也没有必要专程去找他们。

只有松鼠的信是不同的，他写道：

真的很开心。不久后再见吧！

刺猬闭上眼睛，深呼一口气。“不久后再见吧！”这是刺猬听过的最美的话。

现在，刺猬进入了梦乡，他会睡过整个寒冬。